漫娱图书
SINCE BOOKS

限　定　好　友　系　列

双向狙击
HEART ATTACK
长江出版社 CHANGJIANGPRESS
漫娱图书

HEART

ATTACK

掌声响起的时候，
有我陪你一起迎接巅峰。

目录

CONTENTS

中国移动 5G
16:42
89%
让我看看
是谁
又在朋友圈犯傻
是本人
雨淋湿了天空，毁得很讲究。
是本人
兄弟们，我完了。
快救我
昨天
删除
干啥啥不行，点赞第一名，非帅勿扰，啾咪❤，β 就是我，Homie
非帅勿扰：?
啾咪❤：? 你被开除了吗?
是本人回复啾咪❤：才不是!
β 就是我：? 你终于被开除了吗?
是本人回复 β 就是我：为什么加终于?
干啥啥不行，点赞第一名：所以你怎么了?

中国移动 5G　　16:50　　80%

朋友圈

是本人

本来上一条只是想发发牢骚，没想到这么多人关心我，人间自有真情。为了这么多真情，我就来单独讲述下内情：昨天，我去打训练赛了，用的是我自己的号。我前一天把名字改成了“对面是我哥哥吗”，结果昨天忘记这事了，拿出来才看见名字是这个，改名卡三天才能用，又不能改。最最无语的是，和我对线的人竟然在公屏对我说“我是啊”……

12 小时前　删除

♡ 非帅勿扰，Homie，啾咪♥，β 就是我，干啥啥不行，点赞第一名

干啥啥不行，点赞第一名：你为什么要改那么个名字？

啾咪♥：哈哈哈哈哈也没事啦，没人在意吧，在打比赛呢。

Homie：哈哈哈哈哈哈哈哈啊哈。

非帅勿扰：他说是啊？是谁？帅吗？

是本人回复干啥啥不行，点赞第一名：我只是觉得好玩。

是本人回复非帅勿扰：是新人，年纪比我小。

非帅勿扰回复是本人：帅吗？

是本人回复非帅勿扰：……

β 就是我：直觉告诉我，这事没完，蹲一个后续。

是本人

啊啊啊啊！后续来了……他刚刚加我好友了！他还把名字改成了“弟弟别闹了呀”，他是不是占我便宜呢！

8 小时前　删除

♡ 非帅勿扰，Homie，β 就是我，干啥啥不行，点赞第一名

中国移动 5G 16:55 70%

朋友圈

非帅勿扰：帅吗？

啾咪❤：帅吗？

Homie：帅吗？

干啥啥不行，点赞第一名：帅吗？

是本人：？？？他帅不帅跟你们有啥关系，我才是和你们有关系的！你们怎么不多问问我！

β 就是我：新人嘛，你们应该第一次见，他还挺幽默嘛。

非帅勿扰回复是本人：比赛赢了吗？只是比赛，你们只是对手，不要想太多。

非帅勿扰回复是本人：所以他帅吗？

Homie 回复是本人：我也想知道他到底帅不帅嘿嘿。

是本人回复非帅勿扰：不帅！别问了！我才是最帅的！

是本人

啊啊啊啊我又来了！因为我想起一件更加可怕的事……我和他打比赛时不是第一次见！以前我在 TKT 的时候，他是 TKT 青训营的，我还指导过他呢。他肯定记得我，赛前交流的时候他还对我说“好久不见”，只怪我当时没反应过来。

7 小时前 删除

♡ 非帅勿扰，Homie

非帅勿扰：你没想起他吗？

是本人回复非帅勿扰：当时没有，青训营那么多人。结果两分钟后我被他拿一血了。

Homie：哦……一血……

是本人回复 Homie：First blood！首杀！

Homie 回复是本人：我知道啊，这点游戏术语我还是知道的。

Homie 回复是本人：他帅吗？

中国移动 5G　17:00　65%

朋友圈

非帅勿扰回复是本人：所以他帅吗？

是本人：你们干吗执着于他帅不帅？

Homie 回复是本人：你不是都被他拿一血了嘛，够帅才能占你便宜。

非帅勿扰回复是本人：毕竟是你哥哥嘛，我想知道你哥哥帅不帅。

是本人回复非帅勿扰：他不是我哥哥！

是本人回复 Homie：是首杀！

是本人：我当时看见他说“我是啊”，我就慌了啊，这也太狡猾了吧。

是本人

心态崩……他刚一直找我双排，顶着那个“弟弟别闹了呀”的 ID，怎么看怎么别扭，我又不好直接拒绝，你们教教我，该怎么办，在线等，急！

3 小时前　删除

♡ 干啥啥不行，点赞第一名，啾咪♥，非帅勿扰，Homie

干啥啥不行，点赞第一名：他为啥这么想拉你一起双排？

啾咪♥：难道是……单身太久了？

Homie：这么喜欢拉你双排？弟弟的地位果然不一般。

是本人回复 Homie：？？？你说谁是他弟弟？

Homie 回复是本人：名义上的啊。

是本人回复 Homie：滚，你再这么说话我顺着网线去杀了你。

Homie 回复是本人：对不起，我开玩笑的。你别想太多了，过几天把名字改了就行了，他估计也是觉得好玩。

是本人回复 Homie：可他是我的后辈，我还指导过他的那一种。第二场英雄压制幸好我赢了，但是最后关头我名刀换血手（游戏技能）没换出来，好尴尬！

Homie 回复是本人：还好吧，这零点几秒的事，谁会注意到啊。

中国移动 5G 17:10 55%

朋友圈

本人：职业选手都能注意到的好不好！

非帅勿扰：他注意到了吗？

是本人回复非帅勿扰：肯定啊，第三场他打橘右京（游戏角色）就名刀换血手了，明明有复活甲，我感觉他是故意的。

干啥啥不行，点赞第一名：你太敏感了，他可能就是喜欢血手。

非帅勿扰：别这么炸毛，来顺顺气，被人叫叫弟弟而已。

是本人：别再说了！他又拉我了！

啾咪❤：去啊，多大点事。

是本人回复啾咪❤：他叫“弟弟别闹了呀”！好像跟我关系很密切一样，我不要！

啾咪❤回复是本人：那你就说你要和队友一起玩了。

啾咪❤回复是本人：你怎么不回了？

是本人

2 分钟前 删除

♡ 非帅勿扰，干啥啥不行，点赞第一名，啾咪❤，Homie，β就是我

啾咪❤：你刚怎么没回复了？

Homie：你去干吗了？我还在等最新的消息呢。

是本人：我跟他双排了两把……

Homie：？

啾咪❤：？？

干啥啥不行，点赞第一名：？？？

非帅勿扰：他有笑话你吗？

是本人：我打辅助技能跟在他旁边，他打输出很厉害，还把加益效果让给我。

中国移动 5G 17:20 20%

朋友圈

非帅勿扰：他帅吗？

Homie：他帅吗？

啾咪💙：他帅吗？

β就是我：他帅吗？

干啥啥不行，点赞第一名：他帅吗？

是本人：……

是本人

搞不懂你们，我是想让你们与我感同身受，结果你们根本不在意我尴不尴尬，只在乎他帅不帅，OK，满足你们，帅，帅行了吧！！！

1分钟前 删除

♡ 非帅勿扰，干啥啥不行，点赞第一名，啾咪💙，Homie，β就是我

非帅勿扰：感恩的❤

Homie：感恩的❤

啾咪💙：感恩的❤

β就是我：感恩的❤

干啥啥不行，点赞第一名：感恩的❤

240
255
西
285
300
西北
330
350
北
全服第一心机富二代
身世凄惨高冷大学生

东北 60 75 东 105 120 东南 150 165
被全服第一
Chasing By The Boss
追杀后
能 不 能 别 走 ？_
N
W
E
S

被全服第一追杀后

Chasing By The Boss

text × 斩花随尘 ▶▷ 白色小型猫科动物。

01 …

- ▶ 银行卡：35.2 元
- ▷ 微信钱包：21.4 元
- ▶ 支付宝：1.12 元
- ▷ 口袋：一张卫生纸

林岚“啪”地将手机翻了个面，拒绝面对他“四大皆空”的余额。他坐在电脑桌前，一边计算自己该怎么活过这个月，一边打开了电脑。

出租屋的窗子关不严，12 月的凉风从窗帘缝里漏进来，吹得他打了个哆嗦。

林岚搓着手指，等电脑完全开机，打开了一款名为《降神》的游戏。

《降神》是四年前开服的一款大型多人在线西幻类网游，画风精美，玩法多样，四年来吸引了无数玩家，林岚就是其中之一。

他像往常一样登录游戏，进入了游戏世界的主城。

可角色刚一传送落地，世界频道就炸了：

“我没看错吧，刚刚一闪而过的是谁的登录讯息？岚？”

“这个时间点上线？”

“他不知道 Khaos 在全服通缉他吗？”

林岚权当没看见，径直朝城外的方向走去。他走过的地方，不少角色纷纷驻足。抵达城门的同时，一条系统提示跳了出来：

玩家“Khaos”于 12 月 23 日 21:00 对你发起了全服通缉，为期 72 小时。在此期间，其余玩家每击杀你一次，都可获得来自玩家“Khaos”的奖金。

奖池剩余金额：120000 水晶。

12 万水晶，也就是 12 万人民币。

林岚停在主城的边缘，操纵着角色环顾四周。

果不其然，他看见了一双双如狼似虎的眼睛。

[注意] 主城以外开放即时战斗，被击杀将会丢失珍贵装备。

是否继续前往？

[是 否]

林岚点了“是”，他一边顶着 72% 的血量漫不经心地朝城外走，一边回头，看了一眼背后蜂拥而至的人群。

也不怪他们。他默默地想。

——如果不是脸皮薄了点，林岚甚至想现在就把自己交给 Khaos，问他能不能把那 12 万人民币送给自己。

作为一个没爹疼、没娘爱还身无分文的“三无人员”，林岚并不能像其他玩家一样，以休闲为目的地玩《降神》。

他需要用钱来养活自己和交学费，所以最后他选择成为《降神》里的一名代打。

“打人”的那种“打”。

像众多“一刀 9999”的网游一样,《降神》未能免俗，也是一款靠装备评定部分战力的网游。但与此同时,它还是一款操作性强的游戏。

林岚正是看中了游戏的这一点，才把“代打”作为自己的商机，也因此常年高居红通榜榜首。

即便如此，这三年来也没人奈何得了他。

……因为打不过。

以至于后来，出于慕强心理，游戏里开始有了他的崇拜者。

由于玩家“岚”为人低调，既不加公会，也不在论坛发言，更没出席过游戏主办方的任何线下活动，所以渐渐地，他被描述成了一个来无影去无踪的冷酷刺客。崇拜者认为他几乎可以与游戏世界观里的 NPC 平起平坐，甚至还有“现实中的他说不定就是类似的人”这种离奇的猜测。

他们几乎将“岚”这个角色神化。

只有林岚自己知道，哪来那么多的神秘，他只是上学太忙而已。

不过对他来说，这样也好，毕竟多一事不如少一事。

然而，就在昨天，他的平静生活结束了。

起因是房租涨价。在房东念叨了半小时“我看你是学生才一直没收你这么多钱,但我老公生病了,儿子不孝顺,我全家都不容易”之后，林岚答应尽快补齐房租，然后回到房间，思索片刻，打开游戏接了个单子：杀一个来自公会“混沌之源”的占星师。

玩《降神》的人都知道，没事最好别去招惹混沌之源的人。

因为混沌之源的会长名叫“Khaos”，是这个游戏里战力排行榜第一的玩家。

但岚从高塔上一跃而下，当着其他公会成员的面，毫不留情地击杀了那名占星师。

林岚也不是没听过这个 Khaos：身份成谜，一掷千金，ID 含义更是《降神》世界观里众神之神的本名，看上去就不好惹。

不仅游戏里不好惹，现实里更是——能给一个网游充 600 万，怎么想也不可能是普通人。最重要的是，这个 Khaos 极度护短。谁敢动他公会里的人，那就是不想活了。

而现在迫于生计，林岚成了那个不想活的人。

他刚离开主城两步，背后的传送口就涌入了起码 40 个玩家，每个角色手里都高举着武器，对准了他。

林岚没什么表情地敲了敲键盘，使用了一张传送卷轴。

顿时，他就从主城附近的地图上消失了。

“人呢？怎么突然不见了？！”

“他传送了！”

“跑哪里去了？”

“快找！”

半分钟后，岚出现在了空无一人的荒野上。

刚刚的情况对林岚并未造成任何影响，他面无表情地操纵着角色进了单人副本。

他之所以要冒着被这么多人追杀的风险出城，是因为今天是平安夜。

往年，《降神》都会在这一天推出圣诞特别活动，通关副本有 0.001% 的概率掉落“来自神明的赠礼”，今年也不例外。

“来自神明的赠礼”通常是传说级别的装备，但有时也会是一些奇奇怪怪的东西。

比如去年，他就在副本里刷到了一张品质为“？？？”的卷轴。

卷轴名叫“机械降神”，使用说明上描述其为“可以召来神明，并获得祂的庇护”。

《降神》里有几个特别厉害的NPC，数据高到一招就可以毁灭整个游戏。但他们平时只负责发布任务和推进世界线，并不参与玩家之间的战斗。

神明大概指的就是那几位。

林岚虽然很好奇用了它之后到底会发生什么，但一年过去了，却始终没舍得用。

林岚轻松刷通三次副本后，追杀他的玩家还没发现他的行踪。

他不由得在心底冷笑一声——连人都找不到，还想拿他换奖励?

然而，当他第四次从副本中走出时，世界频道上忽然跳出一条系统消息——

恭喜玩家“岚”得天垂爱，在“旷野迷城·boss战”获得神明的赠礼[命运之石]!

点击[加入]，一起寻觅神明的赠礼吧!

林岚难以置信地松开键盘，看着角色手上多出的一块破石头，以及无数从天而降的玩家。

一时间，荒芜的旷野迷城差点被挤爆。

林岚：“……”

好一个得天垂爱。

他正想故技重施，翻了翻装备栏才发现，自己之前用掉的是最后一张传送卷轴。

“别跑了，兄弟。”站在最前面的一名骑士开了语音，“有本事出城就要有本事让我们杀啊? 你不是很能吗? ”

其余人也纷纷开麦道：“我还以为你胆子很大呢! ”

林岚打字回复他们：要上一起上，废话怎么那么多。

然后他关掉游戏语音，想了想，打开了自己的背包栏。

提示：您即将消耗稀有物品。

是否使用卷轴“机械降神”？

[是 否]

林岚深吸一口气，点下了“是”。

与此同时，电脑屏幕倏地黑了。

他愣了一下，第一反应是显示屏坏了。可这是他刚买的电脑，怎么说坏就坏?

过了大概半分钟，屏幕上开始透出蒙蒙的光。

林岚这才意识到，这是游戏特效:他的卷轴召唤出了一大片黑雾，遮蔽了在场所有人的视线。

看来“机械降神”卷轴真的可以召唤游戏里的神明。就是不知道应召而来的是哪个神? 正义天使? 战争主宰?

只是，这个出场方式怎么有点奇怪……

管他是谁，能帮自己把 Khaos 和他的同伙解决掉就行——一群游戏玩家再强，能有数值逆天的 NPC 强吗?

黑雾随着时间的流逝，逐渐散尽。

林岚发现，他的角色已经来到了一个陌生的地方。而在不远处，一个穿着长袍的角色朝他缓缓走来。他面色苍白，漆黑如墨的长发垂于肩上,眼神深邃,瞳中像蕴藏了无穷宇宙——这是游戏介绍里对“混沌之神”卡俄斯的外貌描写。

而这个长相神似卡俄斯的角色在林岚面前停下，摘掉兜帽，露出了头顶上玩家专属的游戏 ID：Khaos。

接着是一个对话气泡框：“你好。”

林岚沉默了。

K……Khaos？

什么情况?

林岚：“……”

他转身就走。

02 …

“机械降神”卷轴召唤来的是Khaos，也就是一秒钟前还在到处通缉他的那个玩家。

游戏外的林岚险些呛住，他很想把游戏策划拖出来打一顿。这哪里是什么神明的赠礼，根本就是恶作剧吧！亏他还将那张卷轴当宝贝似的在背包里存放了整整一年没用，早知道结果是这样，他还不如直接让那群人把他杀了得了。

林岚的第一反应就是跑。

然而，跑了没两步，他就收到了新的私聊消息。

[非好友信息]

[Khaos：你跑什么？]

[岚：。]

[Khaos：？]

[Khaos：你键盘坏了？]

[岚：……]

[Khaos：不是你召唤的我吗？]

[岚：你是神？]

[Khaos：我是啊。]

[Khaos：说吧，你的心愿是什么。]

[岚：？？]

什么玩意儿，他还真是这游戏里的神？

[林岚：你到底是玩家还是 NPC？]

[Khaos：都是吧，我玩的时候就是玩家，我不玩的时候就是 NPC。]

[Khaos：如果你召唤我的时候我不在线，那过来的就会是 NPC 卡俄斯。]

[Khaos：不过你运气比较好，我刚上线两分钟。]

[岚：。]

这意思是我还得感谢他？

[岚：行了别装了。]

[岚：游戏又不是你家开的。]

[Khaos：？就是我家开的。]

林岚第三次发出了一个句号。

在此之前，他一直以为 Khaos 起这个 ID 只是为了装酷，毕竟与众神之神同名才能凸显出自己账号的尊贵。

[Khaos：你怎么老发句号。]

[岚：没事。]

[岚：我的愿望是你能别跟着我了，谢谢。]

[Khaos：这个不行，这违反了卷轴上的规定。]

[Khaos：上面说你的愿望必须和保护相关。]

林岚：“？”

这个人居然在认真执行卷轴上的要求？

[岚：你到底是人还是 NPC？]

[Khaos：我是人。]

[Khaos：你见过这么智能的 NPC 吗？]

[岚：没见过这么不智能的人。]

[Khaos：……]

[Khaos：那当我是 NPC，行了吧。]

[Khaos：你的心愿是什么？]

[岚：？]

[岚：不好意思，我想问问，你不觉得自己有点……精神分裂吗？]

[Khaos：嗯？]

[岚：全服通缉我的人好像是你。]

[Khaos：是我，怎么了？]

[Khaos：平时公会有人死了，我不都是这样。]

怎么还理直气壮的？

[岚：那你平时发 6000，遇到我就发 12 万？别说你不是故意的。]

他倒是很实诚，[Khaos：不小心多打了一个 0。]

林岚空出来的那只手捏紧了水杯。

不需要的钱可以给他，谢谢。他努力维持平和的态度。

[岚：所以，你不觉得，我所有的危机都是你造成的吗？]

[Khaos：……好像还真是。]

[Khaos：那我帮你把他们打跑？]

[Khaos：行，就这么说定了。]

[岚：？？]

Khaos 说到做到，动画过场，他们又回到了原先的荒野上。

岚一出现自然招来了不少目光，然后某位神一个大招就甩过去了。

Khaos 的职业是祭司，是个技能伤害很高还很不讲道理的职业，配上他那一身华丽的装备，模糊的白光在人群中落下后，那附近的角色被炸得非死即伤。

过了一会儿，倒地的角色每人头上都浮起一个打了问号的对话框。

林岚此时此刻的想法也和他们差不多。

世界频道已经炸开了花：

“完了我被人杀了。你们先别去追岚了，好像有人要救他。”

“有人救他？”

“谁啊？”

没在现场的玩家不明所以，谁会在这种时候救他？他不是连个公会都没有吗，也没见他和什么厉害的玩家关系好啊。

“就是 Khaos。”

“你看错了吧？！”

“一个大招能把我砸死的祭司能有几个？我当时还剩了 50% 的血啊！”

“我也看见了，就是他。”

“……这是什么神奇的走向，不是他发的通缉悬赏吗？”

我也不知道这是什么走向。林岚心情复杂地看着屏幕上弹出的好友申请：

玩家“Khaos”申请添加您为好友。

附带一条消息：加个好友呗。

林岚平时很少加好友。

但他总有种感觉，要是他今天不加，这个人能烦他烦到明年。

[您已与 Khaos 成为好友]

[Khaos：我帮你把他们赶走了。]

[岚：嗯。]

[Khaos：你就没点表示吗？]

[岚：？]

看他的意思，是还想自己感谢他？

就好像发通缉的人不是他似的。

即便如此，林岚还是象征性地发了个谢谢。

谁料 Khaos 发来一句，[Khaos：就只是嘴上感谢一下？]

[岚：。]

[岚：意思是我还要给你鞠个躬？]

[Khaos：那倒没有。]

[Khaos：我是说，我帮了你一个忙，你也该答应我一个要求。]

[岚：？]

[岚：不是你让我许个愿？完成愿望还要回报？]

[Khaos：你没仔细看卷轴的说明吗？]

[岚：？]

[岚：我没有卷轴了。]

林岚丢下这一句话，就准备直接回到主城下线。他懒得再和这个奇奇怪怪的人掰扯。

然而对方就像是料到了他的意图一样。

[Khaos：如果不遵守和神灵的契约，就会受到惩罚。]

[岚：你又不是神。]

Khaos 停了一下，然后把长袍的帽子戴上了，彻底遮住了自己的玩家 ID。

林岚慢慢将鼠标移到了他的身上。

[卡俄斯]

[男]

[年龄：？？？]

[基础属性：？？？]

[技能：？？？]

[职业：混沌之神]

居然真是NPC卡俄斯。

林岚一时间有点茫然。

NPC卡俄斯又抬起手来，只见一个卷轴浮现在了上面，正是他先前用过的“机械降神”。

林岚重新查看了一遍它的属性。

这次，他将鼠标移到“庇护”两个字上时停顿了一会儿，不出所料地看见上面弹出了一个新的描述框，上面用小字写着：作为庇护的回报，神明会向卷轴使用者提出一定要求。

林岚这才想起，当初自己似乎是看到过这么一句话。但他完全没放在心上——一个NPC能向普通玩家要什么东西？可谁能想到，卷轴召来的是个大活人，还是那种心眼不少、事一大堆的活人。

[岚：。]

[岚：那你要什么？]

[NPC卡俄斯：加入我们公会怎么样？]

[NPC卡俄斯：我是说……]

[Khaos：加入混沌之源。]

[Khaos：福利很不错的。]

林岚打字的手停顿了。这个人大张旗鼓地通缉他，又不惜暴露自己 NPC 小号的真实身份，自导自演了一场“神明降临”，就是为了把他拉入公会？这是什么毛病？

Khaos 见他半天没有回复，又催促道：

[Khaos：怎么样？给个答复呗，我要睡了。]

[Khaos：明天有早课。]

[岚：……你还在上学？]

[Khaos：有问题吗？]

林岚沉默了一下。

问题倒是没有，只是忽然觉得，人与人之间的差距未免也太大了些。

[岚：没有。]

[岚：弟弟，早点洗洗睡吧。]

聊天框里的头像迅速暗了下去，角色的身形也随之消失了。

林岚嗤笑一声，又关上了电脑，然后把书包里的作业本拿了出来。

什么乱七八糟的契约。他想。

网线一拔，恩怨去吧。

03

林岚第二天有早课。

课间十分钟，整个教室睡得七歪八倒。林岚也趴着睡了，然而睡了还没两分钟，就被人用力拍醒。

"哎兄弟！你昨晚是不是没登游戏，错过了惊天大……咋了？"

叫醒他的人是他的发小陆嘉年，两人高考后报了同一所大学。

林岚将头从臂弯里抬起来，眼皮一掀，分外冷淡地看着对方。他长着一张挺好看的脸，只是这张脸在大部分时候都显得拒人于千里之外，以至于班上没几个人敢跟他搭话。

陆嘉年不一样，他脸皮厚，装作没看见，在林岚旁边的座位坐下："你没睡醒？"

林岚淡漠地"嗯"了一声。

换作是别人，已经被他阴沉的脸色吓走了，但陆嘉年深知此人的纸老虎属性，笑眯眯地在他身旁坐下："别睡了，起来'吃瓜'，就是我上次跟你说过的，ID 和你名字一样的那个大佬——他昨晚又搞了个大事！"

林岚无视他，趴下来准备继续睡。

陆嘉年还在继续："他居然和我跟你说过的另一个大佬，就是那个给游戏'氪'了 600 万、我一直怀疑是托的大佬，两个人打起来了！"

林岚："……"

林岚："哦。"

陆嘉年："你就不关心他们是怎么打起来的吗？"

"不关心。"

陆嘉年像没听见似的："Khaos——就是那个贼有钱的大佬——前天晚上，花了 12 万全服通缉岚，就因为岚之前接了个杀他公会里人的单子！"

见林岚没什么表情，他又语气夸张地补充："人民币啊，12 万人民币！你就没点反应吗？"

林岚想了想，客观评价道："人傻钱多。"

"……"

陆嘉年无语了。

林岚没什么反应，坐在他前排的人倒是回头看了一眼，还主动问：“你们在说什么？”

“尤哥早。”陆嘉年很客气地打了个招呼，“说游戏呢，《降神》。”

今天坐在林岚前排的人名叫尤峥，是学校的风云人物。

据说他虽然家里挺有钱，但为人低调，也好相处，更重要的是长得好看，是可以出道的那种水平——总之就是，他在各方面都很优秀。

但林岚和他不熟，他总觉得这种人和自己身处两个世界。

尤峥倒挺想和林岚交朋友的。大一开学才几个月，就问过他好几次要不要一起出去玩。每次都很自来熟地撑在他的座位前，嘴角带笑，饶有兴致地看着他，眼里隐约透着几分不怀好意——至少在林岚眼里是这样。

林岚拒绝了，一来他不太习惯如此热情的新同学，二来是他也没那份闲心和这帮少爷出去晃荡。

但尤峥似乎兴趣不减，林岚从他面前路过的时候，总觉得背后追着一道视线，虚虚实实地落在自己身上。

他上课也时常坐在林岚附近，会有一搭没一搭地同林岚说话，比如问个题，借支笔。

没人打扰的时候，林岚能保持一整天不说话。但这位坐在了附近，他就不得不开口回答，勉强维持一下同学关系。

听陆嘉年提起游戏，尤峥自然没有放过这个话题：“这个啊，我也在玩。”也没有放过他，“林岚也玩？”

“他玩，就是菜。”陆嘉年替林岚回答，“之前和我打竞技场还坑我来着，八连败，那简直菜到人神共愤。”

林岚：“……”

那已经是很久之前的事了。

当时“岚”这个账号已经成名，林岚为了不暴露自己的大号，索性随便开了个小号和陆嘉年一起玩。他打竞技场的时候故意放了点水，从此被陆嘉年扣上了“菜”的帽子。

尤峥闻言，咳了一声，像是想笑，又勉强忍住了。

“是吗？”他有些心不在焉地问，看向林岚，眼底藏了几分笑意，“你们在哪个区？”

林岚被他看得莫名有些如芒刺在背，没应声，自己挪开了视线。

陆嘉年比尤峥还热情：“一区啊，我们都玩挺久了，开服就在。”

尤峥：“我也在一区，下次一起玩？”

“可以啊。”陆嘉年倒是答应得很爽快。

林岚很煞风景：“我要学习。”

陆嘉年拍拍他肩膀：“没事，不就是菜了点，我不嫌弃你的。”

尤峥也跟着说：“没事。”

他说话的时候垂下了目光，嘴角弯了弯，又很快被拗回了原本的弧度——像是在极力忍笑。

林岚：“……”

到底哪里好笑了。

“对了。”尤峥像是想起了什么，忽然说，“这个月我们学校要办《降神》的校内邀请赛，你们报名了吗？”

“哦哦，我听说了！”陆嘉年拍了拍手，“但没报名，没人跟我打。”

林岚根本懒得回答这种问题。

“其实也可以报一下。”尤峥笑了笑，“冠军好像有1万的奖金，即使只是参与也有参与奖。”

林岚忽然抬眼：“真的假的？”

“真的。”尤峥说，“你想报名吗？”

林岚：“也不是不行。”

陆嘉年："？"

"单人赛？"林岚又问。

"不是，要两人组队。"

林岚皱了下眉。

尤峥像是看出了他的疑虑。他眨了眨眼，试探性地发问："你没有队友？要不要和我一队？"

"你……"

"我一区前十。"

林岚想也没想："好的。"

尤峥点头："那就这么说定了。"

陆嘉年："……"

陆嘉年："你一区前十？！"

尤峥："对。"

陆嘉年看看左又看看右，一脸见鬼的表情："不是，大佬，你不怕他坑你吗？"

尤峥轻描淡写："没事，带得动。"

陆嘉年："牛啊。"

陆嘉年："……"

陆嘉年后知后觉地反应过来，林岚和尤峥还不如自己和尤峥熟。为什么尤峥带他不带自己呢？不应该先来后到吗？！

一区排行前十的就那么几个人，除了没有公会的林岚以外，其他几个人都来自"混沌之源"。

林岚填完了报名表后才想起这件事，但表已经交上去了，又不能反悔。好在他填表用的账号是自己的小号，连级都没满，根本没人认识。

《降神》的竞技场有两种模式，一种是普通场，另一种是决斗场。

在决斗场中，角色的技能伤害不受装备加成影响，也就是说，全凭玩家操作取胜。

这次的校内竞赛就是采取的决斗模式，因此用小号也没什么关系。

陆嘉年跟着他们一起去报名，看见尤峥填的 ID 以后，他也才想起："哦！尤哥，你是混沌之源的？"

"对。"尤峥说。

陆嘉年语气激动："那你肯定知道昨晚那个瓜！"

林岚："……"

怎么又开始了。

尤峥："哪个？"

"就是你们会长 Khaos。"陆嘉年说，"我听混沌之源里的人说，他让别人帮他盯着岚有没有上线，上线了就在群里叫他一声，真的假的？"

尤峥："真的。"

陆嘉年："居然是真的？为什么啊？"

"……"尤峥少见地停顿了一下，"谁知道呢。"

他忽然瞥了一眼林岚，又不着痕迹地挪开了目光，继续说道："我只知道，我们会长好像很喜欢岚，是他的粉丝。"

林岚："？"

陆嘉年惊了："还有这种事？那他之前本来在全服通缉岚，结果昨晚有人去抓岚的时候，他又把那群人打了一顿也是因为这个？"

"可能吧。"尤峥语焉不详，"他对我们说的是要完成 NPC 的任务，但我觉得他就是想加个好友。

"毕竟他之前加了大半年都没加上，我们全公会都在笑他。"

陆嘉年："那他干吗还通缉别人，奖池 12 万？我还以为他们之前有仇——你可别告诉我说是什么因爱生恨。"

林岚心想，好巧哦，我也是这么想的。他看见奖池的时候，也回忆了好一会儿，自己以前是不是得罪过这个人。结果对方貌似只是他的……过激粉丝？

林岚不记得自己什么时候拒绝过 Khaos 的好友申请了。每天想加他好友的人很多，一般来说，他都不会刻意去关注发送申请的都有谁。只有心情不好的时候，他才会点开申请列表，然后一个一个地点拒绝。

大概 Khaos 也是其中之一。

尤峥说：“我也不太清楚。”

陆嘉年还沉浸在吃瓜的兴奋中：“所以 Khaos 真是他粉丝？为什么啊？”

尤峥很认真地想了想：“好像是觉得他打法挺帅的。”

林岚并不了解自己的所谓“粉丝”，只知道游戏里大概有这么一类群体存在，但他并不想去了解。毕竟他们对他来说，就是过分热情的陌生人，他不习惯和陌生人相处。

“那怪不得，我游戏里认识的一哥们儿也是这样。他虽然被岚杀过一次，但也因此喜欢上岚了，天天看他的游戏录像。”陆嘉年说，“不过你别说，那种打法确实帅，他应该算是——”

“……陆嘉年。”

林岚有点听不下去了。他在游戏里都从来不谈及自己的现实情况，更不要说在现实中听两个人谈及游戏中的自己。于是他找了个借口：“我先回去了，你们聊吧。”

“等等。”尤峥叫住了他，“加个好友？先练习一下配合，毕竟下周比赛就开始了。”

“嗯。”林岚应了一声，又说，“最近有点忙，不知道什么时候能上线。”

陆嘉年在旁边阴阳怪气：“哦，又要学习是吧。”

尤峥却说：“没事。”

他意味不明地笑了笑："那等你有空再说。"

04

林岚拿钥匙开门的时候，房东突然从他背后冒了出来："小林啊。"

林岚退后一步："您好。有什么事吗？"

"也没什么大事。"房东支支吾吾，"就……"

她从包里拿出一个信封，塞到林岚手里："这是你之前交给我的一二月的房租。真不好意思，这房子我不能租给你了。"

林岚愣住："……是钱不够吗？"

"不是不是。"房东摇头，"我老伴他……医生说吃药是不行了，必须得动手术，前前后后得花几十万……这房子我得卖掉了。"

林岚接过信封，一时间有些不知所措。

过了好半天，他说："没事，治病重要。"

"实在对不住，我也是今天才知道这件事的。"房东叹了口气，"我知道学校附近不好租房，但我也是没办法……我还在找买家，在找到之前，你先在这儿住着吧。"

林岚点头，道了声谢，转头进了房间。

他们学校的分数线虽然高，但环境实在不敢恭维——宿舍不仅是八人间，脏乱差还日常断网。暂且不说这宿舍能不能摆下台式机的问题，就说这过慢的网速，会让操作变形，根本无法正常游戏。

林岚本来还因为解决了房租的问题松了口气，这会儿又彻底地犯了难。他在桌前枯坐了一阵，然后登上了游戏。

他登的是"岚"这个大号，一进主城，就发现有人给他发来了消息。

[Khaos：你接别的单子吗？]

林岚正为了钱的事头疼。

[岚：什么单]

[Khaos：陪玩。]

[Khaos：接吗？]

[岚：陪谁？]

[Khaos：我。]

[岚：？]

[Khaos：决斗场冲分。]

[Khaos：来吗？]

林岚困惑了一下。

他想起尤峥先前说过的话……所以这是，粉丝行为？

[Khaos：来呗！]

[Khaos：和我打又不会掉分。]

这粉丝还挺拽的。

[岚：为什么非要我来？]

[Khaos：觉得你很有意思。]

[岚：。]

[Khaos：我改主意了，昨天的那个回报改成陪玩。]

[Khaos：真不考虑一下？]

[岚：玩多久？]

[Khaos：三小时？看你。]

林岚看了一眼桌上的信封。

[岚：嗯，行。]

[Khaos：挺好。]

[Khaos：你账户发我？]

[岚：不用。]

[Khaos：？]

[岚：就当试用期吧。]

[Khaos：……]

[Khaos：陪玩还有试用期？]

[岚：不知道，我又没陪玩过。]

[岚：要来就来，不来下了。]

[Khaos：来。]

一秒钟后，决斗场双人赛的邀请就发了过来。

林岚点了接受。

双人决斗场里的麦克风是默认打开的。他想了想，把自己的麦关了，但没关对方的声音。

“听得见吗？ ” Khaos 的声音在耳机里响起。

林岚发了个“能”。

“能就行。” Khaos 说。

他的声音属于很好听的类型，但有点模糊，似乎是没戴耳机。

林岚乍一听还觉得有点耳熟，不过他没多想，而是关心起了决斗场的赛制。

——他平时也玩决斗场，但只玩单人模式。

林岚曾经也试着玩过双人赛，结果刚匹配到一个人，对方看清他的 ID 就直接退了。从此他再也没玩过双人模式。

Khaos 是队长：“那我开了？ ”

林岚发了个“嗯”。

他虽然没怎么玩过双人赛，但基础段位不低，在五阶。双人赛段位一共八阶，八阶再往上就按星计数了。

Khaos 一边等匹配，一边和他闲聊：“我这个号只能玩决斗场，不能玩普通场，因为太破坏平衡性了，而且本身就是 NPC 的小号，哪天要是被发现了，给人观感不好。”

林岚打字发过去：那你告诉我干什么？

Khaos 不以为意："好玩啊。"

说着，两人匹配到了对手。

和林岚的身份相符的是，他的职业是刺客，常用的武器是刀，需要和人近身搏斗。他打决斗场的时候通常很凶，属于速战速决型。这也是有些玩家很喜欢他打法的原因。

提着武器直接上，看上去像是根本不计后果，却偏偏每次都能赢——林岚偶尔也会自恋地想，自己打法确实挺酷的。

地图加载完毕，按照惯例，双方都会先自行占据有利的地形。但对面两人不知道怎么回事，在原地愣了整整半分钟。

送上门的分，不吃白不吃。

Khaos 的祭司也是暴力输出的流派，平时要打五六分钟的决斗场，两人一分半就解决了战斗。

结束时间越短，加分越多。

Khaos 夸了一句："你真的挺厉害。"

林岚自动把这句话划归为"粉丝吹捧"，没理会他，专心充当一个冷漠无情的陪玩。

起初，Khaos 还在麦里滔滔不绝，试图和林岚找点共同话题。后来他发现，林岚一进游戏眼里就只剩下对手，自己根本插不进一句话。

林岚说玩三个小时，结果一个半小时过去，他已经从五阶打到了八阶 4 星，赢了不知道多少场。

连胜场数达到八场以上时，世界频道就会发系统公告恭喜玩家。然后整个世界频道就充斥着：

恭喜玩家"岚"、玩家"Khaos"在决斗场双人赛取得八连胜！

恭喜玩家"岚"、玩家"Khaos"在决斗场双人赛取得十连胜！

一开始，系统消息还炸出了一大片人，纷纷表达自己的愕然——

这两个人怎么会组队？！

但当数字来到“18”的时候，世界频道里只剩下：

“麻了。”

“什么人啊。”

“这还让人怎么玩。”

打完一个半小时，Khaos 提出要休息一下。

林岚习惯性地应了一声，然后才想起，自己没开麦。

[岚：嗯]

耳机里那边的声音停了一会儿，接着传来断断续续的笑声。

Khaos 似乎在看什么，还看得很开心。

和他一比，林岚现在的心态可谓是难以言喻。

Khaos 笑了一会儿就不笑了。他咳了声，问：“你好像不怎么爱说话。”

林岚打字：专心游戏。

他停了停，把刚刚打的那句话删掉，换成了“心情不好”。

“谁惹你了？”

[岚：没人。]

“那是怎么了？”

[岚：说了你也不懂。]

能给游戏充 600 万的人，怎么能懂因为房租太贵而发愁的感觉。

“怎么，被对象甩了？”

见林岚没回复，Khaos 又试探性地继续问道：“翘课被抓？期末挂了？”

[岚：你怎么知道我在上学？]

Khaos 很快回道：“只有还在上学的人才爱装年纪大，到了我爸那种岁数，一天到晚都在装嫩。”

他停了一下，语气颇为嫌弃："上次还在游戏里说自己是 28 岁少男。"

林岚："……"

他没忍住，笑了。

[岚：你爸也玩游戏？]

Khaos："他玩，没事的时候能在家玩上一整天。还非说我抢他的网，把我赶出去遛狗。"

之前见识过了 Khaos 的 NPC 小号身份，林岚觉得，他说这游戏是他家的这件事很可能是真的。

那他父亲大概就是"霸道总裁"之类的角色了。

"霸总"居然也沉迷游戏……还挺接地气的。

两人又打了一个半小时。段位来到八阶之后，游戏就没有先前那么轻松了。

虽然花的时间更长，但两人的胜率依然很高，几乎维持在 95%。不过中间输掉的那一把让世界频道全体松了口气——终于不用再看连胜信息刷屏了。

等全部结束以后，林岚查看了一下自己的战绩评分：他 99 分，Khaos98 分。

Khaos 大概也在查看战绩，他忽然说了一句："我完全不需要你带啊。"

[岚：？]

耳机那边沉默了一下："我是说，我觉得我还挺强的。"

林岚很少见地发：还行。

这简直是他能给出的最高褒奖。

Khaos 又问："你明天还有空吗？"

[岚：？]

“一起玩。”

[岚：不知道。]

林岚不确定自己明天要不要去找合适的房子。

“那好吧。”Khaos 的语气有点失落，“有空记得找我。”

[岚：嗯。下了。]

电脑关闭后，林岚托着下巴，戳了戳键盘。然后一翻身躺倒在床上，把床板压得“嘎吱”作响。

他看着空荡荡的天花板，嘴角勾起一点几不可见的笑意来。好像打双人决斗场也没那么无法忍受。

他翻了个身，又想，或许分人吧。

他这个所谓的“过激粉丝”，还挺有意思的。

05

第二天，林岚果然忙到没空上线。

他研究了一圈附近的出租屋，发现不仅仅是价格问题，空房本身就没剩下多少了。除了几个破到根本没人住的，剩下的要么满着，要么贵到负担不起。

林岚彻底犯了难。

接下来的几天时间，他都没有再上线。

直到周五最后一节课结束，他正收拾教材，桌面忽然被人叩了叩。

林岚抬头，对上尤峥带着笑意的目光。

林岚：“……你好。”

尤峥：“这几天很忙？”

他又像以往一样，极其自然地撑在林岚的座位前。那略长的额发随着动作从耳后垂了下来，在微微眯起的双眼前晃了晃。

这个人分明在笑，林岚却觉得他的笑容里带了点别的意思。然后他才想起来，自己完全把校内邀请赛的事给忘了。

“……”

林岚有点心虚，点了点头，说了声“不好意思”。

尤峥也没生气：“没事。”他看了眼窗外，“今天有空吗？要不然去网咖练一练？”

林岚本来想说还是回家吧，却又鬼使神差地答应了下来。

这几天租房的事折腾得他难受，总给他一种又回到了童年流离失所时的感觉。家里明明不算很冷，但他在床上一动不动地坐着时，总觉得自己快要僵成一座冰雕。连和外界交集最大的游戏都不怎么玩了——一个人安静得太久，心里总像是缺了一块。

一到网咖门口，林岚就开始后悔了，毕竟他和尤峥不怎么熟。

尤峥倒完全不觉得，还自来熟地问他想坐什么地方。

林岚：“无烟区。”

两个人找了座位坐下。

林岚心里还揣着事，输游戏账号的时候根本没注意自己上的到底是哪个号。

等他发现旁边的尤峥一直盯着他的ID看的时候，一切都晚了。

尤峥慢悠悠地说：“你是岚啊。”

林岚：“……”

尤峥：“你骗陆嘉年的？”

林岚：“……”

尤峥：“所以你之前说没空，其实是要玩这个号？”

林岚：“……”

这个时候林岚根本来不及再撒谎。他噎住了，一时间表情复杂。

“你别那么看着我，”过了好半天，尤峥笑了，“弄得好像是我欺负你似的。”

林岚从牙缝里挤出几个字：“不是……”

“你放心，我不会把这件事说出去的。”

“真的？”

尤峥：“骗你干什么。”

林岚看他的神情不似在捉弄人：“……那行。”又语气很好地澄清道，“前几天是真没空，不是在玩别的号。”

毕竟让对方多等了那么多天，林岚心里到底是过意不去。要是换作是陆嘉年发现了他的秘密，大概就会变成自己掐着他的脖子说“你敢说出去你就等着死吧”。

他赶紧把号退了，生怕被别人发现，还清理了一下登录记录，然后才登上了和陆嘉年一起玩过的那个小号。

之前报名的时候只填了账号，登录以后，林岚才想起自己这个号的 ID，叫“甜甜木木”。

旁边的尤峥已经开始笑了。

林岚：“……”

他试图解释：“之前恶心陆嘉年用的。”

尤峥：“看不出来……嗯，我的意思是，你最好在比赛前改了。”

林岚马上就改了。改成了“林 ll”。

改完之后，他收到了刚好在线的陆嘉年发来的消息：竞技场？

陆嘉年的 ID 很朴实，叫“我爱数学”。

[林 ll：不来。]

[我爱数学：哥带你飞]

[我爱数学：没事，不会嫌你菜的。]

[林 ll：。]

尤峥在一旁说："拉你了。"

林岚"嗯"了一声，他还是有点不习惯边玩游戏边说话。

尤峥的游戏 ID 叫"不夜城"，一区排行第九，同时也是混沌之源的副会长。

林岚看到之后，不免有些尴尬。

混沌之源。

没登错号之前还好，登错号之后……

尤峥也像是想起了这件事，他说："对了，我前几天看到你和我，嗯，我们会长一起玩游戏了。"

林岚："……对。"

尤峥："你觉得他是个怎么样的人？"

林岚："事多。"

尤峥："……"

林岚想起那天和对方一起玩的决斗场，又说："但人还行。"

"是吗，"尤峥说，话里有话似的，轻飘飘地来了一句，"其实我觉得他很心机。"

林岚："？"

他自觉和尤峥不算太熟，不想再继续谈论这个话题，于是说："游戏开了。"

林岚的小号也是刺客，他只喜欢玩这个职业，速战速决，生死一线。

"不夜城"则和他会长一样，是祭司，主暴力输出流。

尤峥平时话就不少，一玩起游戏来更多："这个人好菜啊。

"两分钟，结束。

"这就没了？三招都没打过。

"他怎么打到这个段的，找代打了吧。

"这把好像有点麻烦，你小心点。

“这个骑士怎么老暗算人？玩骑士还搞暗算。

“……不行。

“林岚？”尤峥忽然叫他，“我给你加个 buff（游戏中给角色实施的各种增益的效果），你去那个坡后面打他。不打回来简直不舒服——欸，你人呢？”

林岚忍无可忍：“我在你后面。”

“瞎了瞎了。”尤峥边笑边说，“来，过来，我给你套 buff。”

刺客的动作停了停，走过去拿了 buff，然后通过一个视觉死角绕到了敌方骑士的背后，悄无声息地接近了他。

键盘被敲得“噼啪”作响，连路过的人都忍不住停下来看了两眼。

一秒钟后，原本还以为自己隐藏得很好的骑士，血量从 30% 跳到了 0。

获胜的字样从两人的屏幕上跳了出来。

与此同时，世界频道又开始了播报：

恭喜玩家“林 ll”、玩家“不夜城”在决斗场双人赛取得八连胜！

林岚：“……”

怎么有种奇怪的感觉？

他又看了眼战绩评分——“林 ll”99 分，“不夜城”98 分。连评分都和上次打得一模一样。

他沉默了一下，接着就收到了来自陆嘉年的私聊轰炸。

[我爱数学：八连胜？]

[我爱数学：我还说你怎么不和我打，原来是抱上大腿了。]

[我爱数学：不过尤峥是真强，带着你居然都能八连胜。]

林岚看着他一本正经地吹捧尤峥，一时间居然有些不忍心告诉他真相。

反正等邀请赛那天，一切都清楚了。到时候让他慢慢伤心去吧。

林岚久违地有点想笑。

他原本想问要不要继续竞技场，看了眼微信，发现之前联系的房东发来了消息：今晚7点可以看房，有时间吗？

现在已经6点半了。

林岚只得从座位上站了起来。

尤峥问：“不打了？”

林岚点头：“有事。”

“那你去吧。”

尤峥靠上电竞椅的椅背，想了想，又忽然叫住他：“——等等。”

他从桌上抓起自己的手机：“先加个微信，以后好联系。”

06 …

结果这次看房还是不顺利。

晚上9点，林岚抓着门钥匙，在漆黑的走廊里站了一会儿。他想，要不然就算了，还是住寝室吧。

除了写作业和找房子的事，剩下的时间里，林岚都在准备这次的校内邀请赛，连经常给他单子的暴躁老板都被他拒绝了两回。

星期一晚上，他和尤峥打完了日常的八把决斗场，然后说自己想登下大号。

“岚”这个账号已经五六天没上线过了。

林岚登上号，做了下日常的检查和装备维护，忽然收到了好友上线的消息。

他瞥了一眼，发现是Khaos。

还挺巧的。他想。自己刚一上线他就上了。

可能学生都是这个时候下课。

但陆嘉年的话忽然浮现在了他的脑海中：“我听混沌之源里的人说，他让别人帮他盯着岚有没有上线，上线了就在群里叫他一声。”

林岚：“……”

他这才发现不对劲的地方。

这个 Khaos 自从被他用卷轴召唤过来，就开始不停地烦他，又是邀请又是陪玩的。但自己消失的这一周，他却没有发来任何消息。

刚想到这里，消息就过来了。

[Khaos：你怎么这么多天都没上线？]

[岚：忙。]

[Khaos：忙什么啊？]

[岚：学习。]

[Khaos：那你什么时候才有空？]

[岚：？]

[Khaos：竞技场。]

林岚手指平放在键盘上，半天没动，压出了一大串无意义的字符。

他其实已经想放弃了。

——搬回学校里去，一年 1200 的住宿费，八人间，独立卫浴，除了不能玩游戏哪里都好。

至于钱……他先前在卡里存了一笔定期，维持一个学年的开销绰绰有余。

学校附近没有网咖，骑车去最近的也要四十多分钟，但每周去一两次还是没问题的。

之后的事，就之后再说吧。

这么一想，没有游戏的话好像也没什么大不了。

林岚今晚登这个账号，其实是来和它做个短暂的告别的。毕竟是玩了四年的游戏，以后可能不能经常玩了。

一般来说，告别都要有点仪式感。但他想了半天，也不知道自己该干点什么。

拉开好友列表看了看，最熟的居然是这个刚认识没几天的 Khaos。

[Khaos：不想打？]

[Khaos：？]

[Khaos：掉线了？]

[Khaos：来呗。]

[岚：我以后可能不太上游戏了。]

[Khaos：？？？]

[Khaos：那干什么，回家继承皇位吗？]

林岚："……"

他仅剩的那点悲伤情绪好像也消失了。

林岚脸上带着一丝笑意。

[岚：以后住校，没时间。]

[Khaos：怎么突然想到要住校？]

[岚：没合适的地方住。]

[Khaos：……]

[Khaos：那你卖号吗？]

[岚：不卖。]

[岚：你想买？]

不至于吧，他的号除了知名度高，也没什么特别的地方。

[Khaos：不是。]

[Khaos：其实呢，之前给 12 万赏金是我故意的。我知道你有那

个卷轴，但你好像刷到之后就一直没用过。我只能多找点人来追杀你了。]

[岚：？]

[Khaos：我花了这么大力气加你好友，你却说你不玩了。]

[Khaos：你这让我怎么想啊。]

林岚："……"

[岚：这还成了我的错吗？]

[Khaos：没有。]

[Khaos：就是……]

停顿了很久，很突兀地发过来一句：能不能别走？

……这粉丝还挺执着的。

林岚叹了口气。

他轻轻敲着键盘，整个房间里安静得只剩下了"啪嗒啪嗒"的声响，每一声都像是叩在他的心脏上，震出满腔酸涩感。

[岚：以后周末上线找你玩。]

林岚的指尖最后在鼠标上停留了一下，像是不舍，接着关闭了游戏。

《降神》的校内邀请赛在星期三下午的公共假期举行。

学校把平时办晚会的场馆变成了比赛场地，特意装饰了一番，搞得还挺像电竞赛事的现场。

陆嘉年和林岚看到场地之后一起感叹道："好大的排场啊！"

报名参加比赛的一共有 64 组，赛制是两两分组对决，胜者进入下一轮的对决，败者直接淘汰。

林岚在后台找到了尤峥。这位大哥的心很大，歪着头躺在椅子上睡着了。

林岚把他叫醒。

尤峥迷迷糊糊地问："……开始了？"

林岚："没有。"

尤峥从座位上站了起来，稍微整理了一下头发，忽然问："紧张吗？"

"不紧张。"林岚压低了声音，"我平时接过很多比这种还紧张的单子。"

尤峥笑了："行啊，十步杀一人。"

很快就轮到两人上场。

这回林岚没登错号，刺客"林 ll"和祭司"不夜城"并肩站在地图的中央。

他们的对手是药剂师和死灵术士的组合，一个辅助一个输出。

尤峥在麦里放狠话："这游戏里需要带辅助的都挺菜。"

坐在第一排的观众听到了，都"哈哈"地笑了起来。

还有人在下面"嘁"了一声。毕竟决斗场里一辅助一输出是标准配置。

两分钟以后。

尤峥摘了耳机，慢悠悠地晃到后台去了。

林岚没他那么张扬，离开前还认真地将两人的椅子归了位。

他们的对手还呆坐在原地，直愣愣地看着屏幕。

——比赛结束了。

观众席一片哗然。

回到后台休息室，尤峥问："怎么样？"

林岚少见地笑了一下："就那样吧。"

他说着，拿手轻轻按了按胸口，心脏正在那里有力地撞击着胸腔。

第一轮比赛大多实力悬殊，只花了一个半小时就结束了。第二轮的比赛用时开始变长，几乎花了和第一轮一样的时间。

到了第三轮，比赛已经变得格外精彩了。

但当所有人看见“林 II”和“不夜城”再次以两分钟结束战斗以后，都变得有些不淡定了。

林岚算过，一直打到决赛，他们一共要打六场。

现在已经打完一半了。接下来的八强和半决赛也算不上难。半决赛里，他们遇上了同样玩刺客的对手，林岚还对这个刺客 ID 有印象，他在排行榜上似乎比较靠前。

有句话是怎么说的来着?

撞职业不尴尬，谁菜谁尴尬。

林岚既然玩刺客，对刺客的弱点也非常了解。

他花了三分钟解决了这个对手，剩下的一分半里，又和尤峥合力解决了另一个牧师。离开前，林岚还很礼貌地和哭丧着一张脸的对手握了个手，说：“你打得不错。”

对手木然：“……大佬，我求你，别杀人诛心了。”

接下来，就只剩决赛了。

决赛前的准备时间比以往长了一些。尤峥靠在座位上，头枕在手臂上摇着座椅，目光有些涣散地盯着前方。

“林岚。”他忽然问，“你玩这个游戏多久了？”

林岚：“四年吧。”

“开服就在？”

“嗯。”

尤峥沉默了一会儿：“那你有没有想过，要是不玩游戏了，以后准备干什么？”

“上学。”林岚说，“《降神》要倒闭了？”

“……”尤峥说，“不是，我就随便问问。因为感觉你平时玩游戏的时间还是挺长的。”

林岚感觉他有什么话想说，但最终还是没说出口。

天早就黑了，而决赛即将开始。

林岚登上了账号，却迟迟没有等来队友的邀请。

他瞥了一眼尤峥的屏幕，发现上面跳出了一个弹窗，上面写着“您的账号因异常登录，已被冻结，请前往官网查询具体情况，地址xxx。”

林岚：“怎么了？”

尤峥：“不知道，我先弄一下。”

尤峥花了五分钟也没把账号解封，这时裁判员上台了，说五分钟后比赛再不开始，他们将会被视作弃权。

林岚有点紧张：“借个号吧？你还有朋友玩祭司吗？”

尤峥含糊地说了声“有”，但坐在座位上没动，直接输入了账号密码。

“我们会长的号。”他说。

比赛开始。

地图加载完毕，当祭司 Khaos 的身形出现在了大屏幕上，全场顿时一阵高呼。

“……”

林岚看着自己屏幕上熟悉的角色造型。

漆黑的长发，苍白的皮肤，深邃的眼瞳——还有熟练的技能出手动作，习惯性的伤害连招，再加上之前巧合的登录时间。甚至连说话的语气和笑声……都那么像。

他怎么就没发现呢？

林岚忘了自己是怎么赢下这场比赛的了，只知道自己还是像往常一样，打得极其凶狠。

再回过神来的时候，他正从嘉宾手里像模像样地接过奖杯，然后递给身旁的尤峥。

台下是震耳欲聋的欢呼声，冠军的字样打在身后的屏幕上，和奖杯一起闪闪发光，晃得他头晕目眩。

林岚回到休息室，拿上包就走。

他打开手机，里面塞满了陆嘉年在比赛时发给他的信息。

林岚只看清了最后几条：

“我一直奇怪这次的会场怎么这么有排面，结果他们说，《降神》其实是尤峥他们家开的……真的假的，我都傻了。

“你快去问问他，到底是不是真的？！”

07

林岚的微信跳出了新消息提示。

[尤峥：。]

[尤峥：没事，试一下看你有没有拉黑我。]

[林岚：没有。]

林岚躺在出租屋的床上，垂下了拿手机的手，盯着墙皮翻卷的天花板。

手机再次震动了一下。

[尤峥：下楼一下行吗？]

林岚收好手机，开门下了楼。他所在的单元楼离小区门口很近。

快到门口的时候，林岚看见尤峥站在小区外面，手里抱着那个金灿灿的奖杯。尤峥看见他，挥了挥手。

林岚走了过去。

“你忘了把奖杯拿走了。”尤峥把奖杯塞进林岚怀里，又说，“我家里还有一个，一模一样的，是之前他们怕弄坏奖杯，提前做好的复制品。”

林岚抱着沉甸甸的奖杯，感觉它把自己想说的话一股脑地压回去了。

沉默了好半天，林岚不冷不热地说了一声“谢谢”。

两人一时又陷入了沉默。

“你……”尤峥试着开口，“以后真不玩了吗？”

林岚“嗯”了一声。

“那多可惜。”尤峥慢慢道，“其实找住的地方也不是很难。”

林岚：“？”

“我在学校附近有套房子。”尤峥扭头看了眼背后，有点前言不搭后语地说，“要不然，你搬到我家里来住吧。”

林岚：“啊？”他一时间没反应过来，怔在原地。

路灯有些昏暗，灯光落在尤峥的身上，却没照亮他的脚下。沉默在黑暗中蔓延。

尤峥“噗”地笑了。

“我开玩笑呢。”他扬了扬下巴说，“吃饭了吗？”他的语气坦荡，像是真的在说笑。

林岚不疑有他，于是说“还没”。

“走呗，请你吃夜宵。”尤峥说，又补了一句，“就当是道歉了。”

于是林岚把奖杯放回家，跟着尤峥去了。

两人去了学校后面的夜市，在一家烧烤店里坐下。

林岚原本以为是尤峥和那群朋友办了什么“庆祝仪式”——陆嘉年先前就扬言要给他办一个，但到了之后才发现，吃饭的只有他们两个人。

附近的商场大概在办活动，搭了个舞台，舞台上的歌手正在声嘶力竭地唱跳，整个夜市里都充斥着喧闹，还真有了几分庆祝的意思。

林岚看着尤峥点菜，忽然冒出一句：“道什么歉？”

尤峥动作一滞。半晌，他抬起头来，先是质疑：“……你该不会是想了一路吧？”又低下头，拿笔尖点在菜单上，“我的意思是，其实我就是 Khaos。”

“我知道。”林岚说。

“你几个小时前才知道。”尤峥说。

林岚：“就不能是一早就猜到了？”

“不能。”尤峥诚恳道，“林岚同学，你知不知道你的表情其实不太能藏得住事。”

“……”林岚看着他，“我又不知道自己是什么表情。”

“就是那种‘我怎么这么笨’的表情——主办方录了像，其实你可以自己去看看。”

林岚：“？”

“我不是故意要骗你的，不是为了好玩。”尤峥笑着说，“其实我一直在暗示你我是谁。”

林岚面无表情道：“我脑子不好，想不到。”

“你别这样。”尤峥又笑，“我主要是担心，你知道之后又把我删了。”

林岚：“……”

这个人对他到底有什么误解。

他主动问道：“你以前加过我好友？”

尤峥掰着手指：“八次。”

林岚：“？”

“每个月加一次，加了整整八个月。”尤峥又补充道。

“我平时不看好友申请。”林岚说，“而且每个月都会固定清理。”

尤峥：“……”

尤峥：“不过这是两年前的事了，到了高三，我基本没怎么玩了，家里管得严。”

林岚仔细回忆了一下。两年前，正是“岚”在游戏里人气渐高的时候。当时他并不记得那时候游戏里有 Khaos 这个角色——Khaos 一“氪”成名是一年前才发生的事。

难怪他删好友的时候，对这个 ID 没有任何印象。

“所以是你忘了。”尤峥忽然凑近了一点，盯着林岚的眼睛说，“有一天你从占星塔下路过，看到我被一个 120 级的人堵在复活点追杀，就顺手帮我杀了我的仇人——那个时候我已经连死八次了。”

林岚怔了一下。还有这回事？他承认：“我不记得了。”

两年前的事，谁能记得清楚。

“你当然不记得了。”尤峥幽幽道，“你还答应说以后带我玩，结果呢，连好友都不愿意加一个——后来我才知道，你从来不加好友。”

他笃定道：“所以就算要算账，也是你骗我在先。”

林岚：“……”

自己当时可能就是随口答应了一句，然后很快将这件事抛诸脑后。

林岚轻咳一声，避开对方的目光：“你怎么会连死八次？”

尤峥倒是很无辜：“不行吗？我刚玩，不会。”

“杀你的人是谁？”

“我爸。他觉得这样能让我戒游戏。”尤峥说，“不过他现在已经打不过我了，谁让他非要拿我的号去冲战力榜第一。”

“你号里的装备……”

“我哪里干得出来那种事。”提起这件事，尤峥语气里还带上了几分烦躁，“我就几个月没玩，他拿我的号充那么多钱就算了，居然还美其名曰是帮属下‘冲业绩’，简直莫名其妙。”

林岚忍不住想笑。

这个人怎么这么好笑。

“不过这样也挺好的。”尤峥说，“至少我终于加上好友了。”

林岚垂着视线，忽然想到了什么：“你早就知道我是谁？”

“知道。”尤峥十分坦然，“开学的时候我就知道了。

“之前游戏周年庆，游戏方给你寄过礼物，我那天闲得没事干，去公司帮他们整理名单，就看到了你——你填的地址是我们学校。”

他语气中的怨念更甚：“结果你在现实里比在游戏里还高冷。”

林岚：“……我只是觉得不认识你。”

尤峥很不讲道理似的：“那现在认识了。”

“是。”林岚说，却始终没想明白，“可你现在也不需要我带你玩啊。”

“……”尤峥险些气笑了，“你傻吗？”

他指了指自己：“那你需要我带你吗？”

“不需要。”

“那你之前还和我玩什么。”

“……”

见林岚没应声，尤峥又略微放软了语气：“我就是……想和你一起玩而已。”

他叹了口气，长长的眼睫覆下一片阴影。他的声音愈发小了：“你能不能别走？”

08 …

校内邀请赛过去了整整半个月，眼见着期末考试都已经结束了，陆嘉年还是没有原谅林岚。

“你骗我就算了，”他指着林岚愤怒道，“你怎么能在和我双排的时候骗我！！”

又指着一旁看戏的尤峥：“那你怎么不骗他呢？！”

林岚在看手机，头也没抬：“你丑。”

陆嘉年：“？？？”

好在陆嘉年不记仇，他在林岚身旁坐下，扒着对方的肩膀，神神秘秘道："我听说，你报名参加那个最终的巡回赛了。"

尤峥在一旁接话："我们一起去的。"

陆嘉年"啧啧"了两声："知道知道，全天下都知道了。"

林岚的视线依旧落在屏幕上，心却早已飘去了别的地方。

关于为什么要报名比赛……

说来，一言难尽。

林岚觉得自己对"Khaos"的第一印象是对的——这个人真的很能烦他。

那晚尤峥问他要不要合住，又改口说是开玩笑，林岚竟然真的信了。

结果只过了一周，这位就"翻了脸"。

还找了一个挺不错的借口："寒假的时候《降神》还会办高校邀请赛，各地巡回的那种，总冠军能有一套印着自己 ID 的专属皮肤——你带带我呗！"

陆嘉年曾经对林岚说过，他就是个纸老虎，表面凶悍，本质上脸皮薄得要命。

对稍微熟悉一点的人，最多最多说两句狠话，不能再多了。

而尤峥似乎吃准了他这一点。

他还深谙步步为营的道理，先试探性地抛了个选择题："要不然，你先加下我们公会？"

林岚马上选了后者。

他前一天才进了公会，第二天，尤峥再次出现的时候，手里就多了一串备用钥匙。

钥匙上贴了张纸条，上面写着"线下陪玩邀请函"。

林岚："……"

他试图和对方讲道理，尤峥却一句话也没听进去："高兴不就行了。"

"那我呢？"

“你？”尤峥抱着胳膊靠在座位上，懒洋洋道，“你就是不好意思。”

他停顿片刻，又小声说：“可是我真的只想和你一起玩游戏。”

林岚：“……”他终于无可奈何地答应了下来。

陆嘉年对此却一无所知。他看见报名表的时候，先前校内邀请赛的两个冠军奖杯已经被摆在了一起。

“那你们大概要打多久？”他问。

“一个寒假。”

“那岂不是整个寒假都要待在这边。”

尤峥心情不错地回答：“对啊。”

陆嘉年装模作样地叹了口气：“今年都没人和我一起回去了。”说着，又拍了拍林岚的肩膀，“比赛加油啊。”

林岚“嗯”了一声。

陆嘉年走后，尤峥说：“我们也该回去了。”

期末考试周结束后，校园里到处都是拖着行李箱的学生，一派欢声笑语。

尤峥走在前面，林岚揣着手走在后面。冬日的暖阳在地上拖出两道长长的影子。

过了一会儿，前面的人停住了脚步。

等两道影子交织在一起，他才迈开脚步，继续前行。

End

倒霉欢脱
操作大神
“佛系”打工
游戏管理员

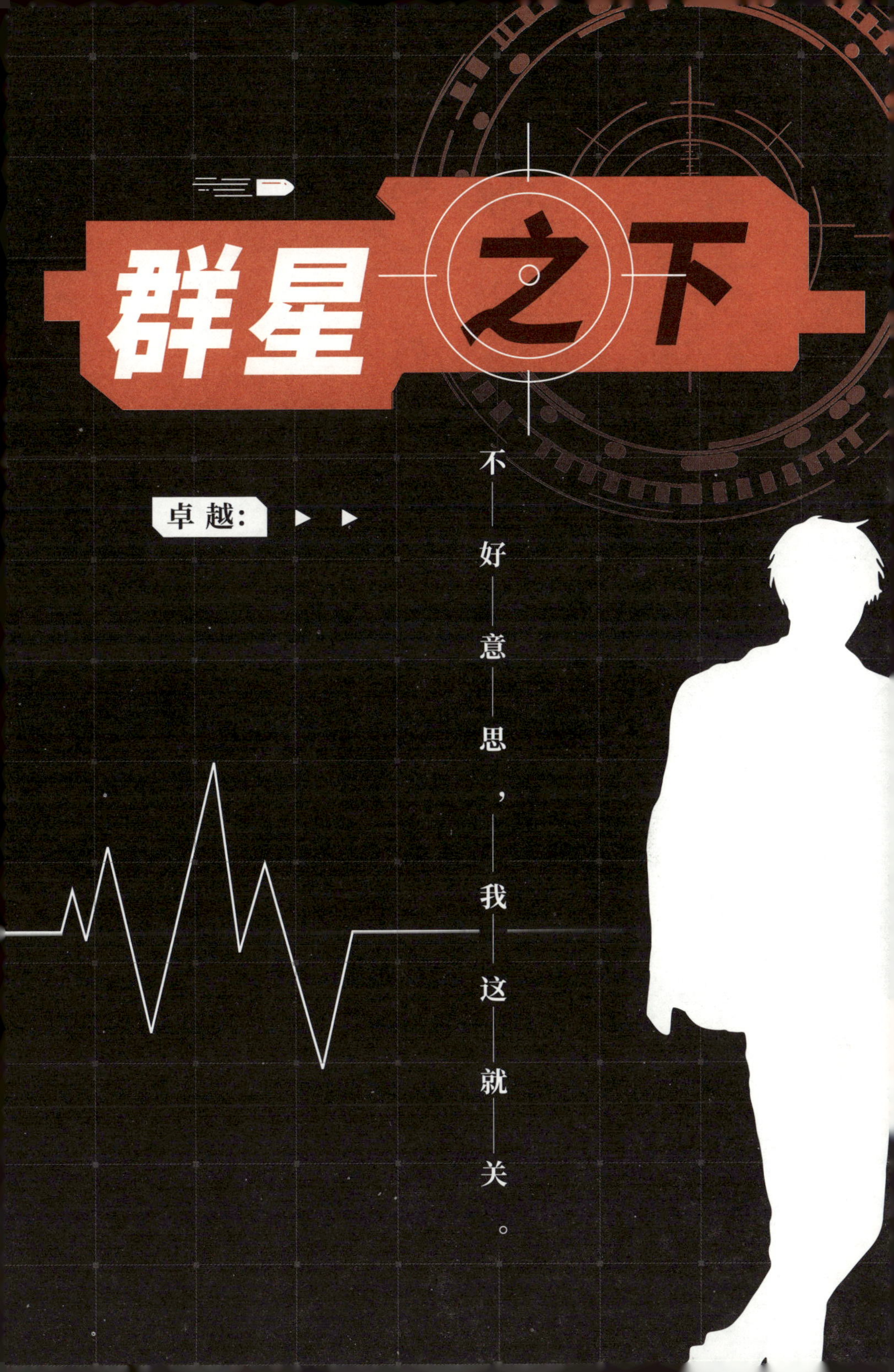
群星之下
卓越：
不好意思，我这就关。

2 群星之下

Under The Stars

text × 麦克黑

人称麦子，喜食大米，性情温顺，从不咬人。

01

“秀儿哥，咱们今天还刷‘黑暗森林’吗？”

卓越摘掉 VR 眼镜，活动了一下脖子，颈椎发出一串脆响。他瘫在懒人沙发上，捏了捏后颈，扶正了游戏头盔，说：“刷吧，我都要刷吐了，陨巨人今晚要是再不掉种子，我明天就打爆 GM（游戏管理员）的头。”

“冷静秀儿哥，你上一个号怎么没的忘啦？不就是被小心眼的 GM 给封了吗。”

卓越：“嗨，总不能一直这么倒霉——上号上号，拉人打架了，刷完我睡觉去。”

卓越懒洋洋地重新戴上眼镜，登进全息模拟大型科幻游戏——《星轨》，随后眼前一黑，站在了一片漆黑的森林前。

这是“黑暗森林”的副本入口，上次他就是在这个位置下线的。队友去世界频道喊人了，卓越顶着“独秀儿”的 ID，无所事事，捡了根树枝抛着玩。

《星轨》作为新时代全息模拟游戏行业的标杆，有着近乎完美的精神连接系统和极高的自由度，这令这个游戏世界格外真实，甫一问世，就让游戏爱好者们陷入了狂欢，每年一度的星轨玩家战力排行赛更是一场席卷全球的盛事。

卓越游走于无数游戏之中，做了多年的第一，已经看淡红尘，懒得再在《星轨》里跟别人“互啄”，所以没打排行赛。

他之前只是个闲来无事种种地、钓钓鱼的休闲玩家，远离江湖纷争，致力于探索游戏世界。他每天睡觉前都会用游戏号细致地给GM——Game Master，游戏管理员，负责测试游戏漏洞、处理玩家纷争、监督游戏秩序的工作人员——的工作邮箱发一封记录今日情况的邮件，一开始是为了提交发现的游戏漏洞，后来就纯粹把管理员的邮箱当树洞，日复一日，孜孜不倦，终于把人絮叨烦了。

在被不知哪个玩家举报使用莫须有的外挂后，怀恨在心的 GM 把他的号给封了。

卓越心痛他的鱼塘和他的田，决定再接再厉，开了个新号，继续自己未竟的基建大业。

“黑暗森林”是个难度很高的副本，其中的 boss 陨巨人死后掉落的装备非常值钱，在交易市场能卖出几百万的高价。但卓越不需要装备，他刷副本是为了一种稀有掉落物——

银火花树的种子。

从实用性上讲，这是种无用的掉落物，因为它无法提高玩家的任何能力，只是一种种在家园里非常好看的观赏性植物——但没有哪个种田狂魔能抵抗稀有植物的诱惑，卓越也不例外。

一般人还没摸到陨巨人就被反杀了，秀儿哥虽然能带全队干掉陨巨人，但他实在是运气太差，一直都没能刷到银火花树的种子。

这个副本一次能进五个人，队友在世界频道随便叫了几人，卓越便带着他们进了副本。

五分钟后，他带着一脸恍惚的队友们出来了。

朋友快给他跪下了："哥，我求你了哥，下次 boss 爆出来的宝箱，你不要开了好不好？一个地狱难度的副本 boss 只掉了金币，这合理吗？"

卓越虚心认错，一脸"我下次还敢"的表情，拍拍手说："大家散了吧——你们怎么都梦游似的……也对，现在现实时间都半夜 1 点了，都别修仙了，下线睡觉吧。"

队友 A 语气颤抖："我们刚刚是通关了'黑暗森林'吗？"

队友 B 不敢置信："五分钟？才用了五分钟？地狱难度，就五分钟？"

队友 C 神情茫然："还是全队无伤？我一个承伤坦克，竟然一次都没被怪物碰到过？"

卓越呵呵一笑，深藏功与名，独自下线了。

02

卓越第二天上午 10 点上线时，发现自己竟然不在昨天下线的"黑暗森林"前。

他打量了一圈，这里是个纯白的正方体空间，并不大，几步就走到头了。他喊了几声"有人吗"，没有人搭理他。

卓越有点纳闷，心想系统出 bug 了？

他退出了游戏重新登录，还是在这个纯白的正方体里。

在多次尝试无果后，他索性躺下了，双手安详地放在胸前，闭上了眼睛。

陆秋白登录进这个空间的时候，看见的就是一个人如同去世一般躺在地上。

他沉默了片刻，蹲在那个人身边，做了个探鼻息的动作。

"活着呢。""尸体"懒洋洋地开了口，并没有睁开眼睛。

"你在做什么？"陆秋白问。

"我被关小黑屋了，在忏悔。"卓越声音沉沉的，"我这一生，曾见过人类无法想象的美，我见过陨巨人的头滚落在地，见过榜上第一的高手被揍得满地找牙，而所有过往都将在时间中消散，就如同我的账号消失在小黑屋里——"

"别糟蹋《银翼杀手》的名言了。"陆秋白通宵到现在，困得不行，没有精力听他伤春悲秋，打断道，"我是 GM，你知道这里是什么地方吗？"

"知道，这地方是专门关玩家的小黑——小白屋嘛。"卓越睁开眼睛，从地面坐起来，笑眯眯地问，"我犯什么事了，管理员大人要把我关进这里？"

"你开挂。"

卓越愣了两秒，霍然站起："又是谁把我举报了？"

GM 歪头看了看怒发冲冠的卓越，像看一只吱哇乱叫的猴子。他把昨晚收到的举报信息调出来，有气无力地读起来："有玩家在昨晚 1：23 提交了'黑暗森林'通关记录，怀疑'独秀儿'开外挂。"

卓越听到自己真的被举报，反而不怒了，他支着下巴，目光深沉："不应当，我只是一块人畜无害的小饼干。"

说到外挂，这位一副命不久矣样子的游戏管理员身上散发着浓重的黑气，加上两个黑眼圈，显得怨气格外深重："由于此条举报没有提供足够的数据，而你的操作又的确精准得宛如开挂，我只好多加了一个晚上的班，将你的历史数据筛了一遍——你的伤害输出的确都在合理范围之内，没有溢出，但无限接近理论极限值，而且标准差极小。要么你是游戏天才，要么你就是开了现在还未被我们发现的特殊外挂。"

他关掉数据光幕，挑剔地看了看卓越："莫非你是前者？"

卓越真诚道："那当然，我是无敌的。"

死不承认的玩家陆秋白见多了，他懒得多费口舌，扯出一个皮笑肉不笑的表情："那你就在这里待满十二个小时吧。"

"欸，别走别走！"卓越正好有个限时任务还有六小时就要结束了，看陆秋白转身要离开，急忙伸手拉他。陆秋白想躲，卓越的手指却灵活得像蛇，"啪"的一声粘在了他手指上，触发了握手的动作特效"群星之下"，两人交握的手不受控制地十指扣死，双手之间一颗颗粉红色的小心心飘了出来。

陆秋白："……"

卓越："……"

卓越："不好意思，我哥们儿为了恶心我给我买的特效，我忘关了。"

这特效还有维持时间，两人挣都挣不开，只能看着粉红小心心满空间飘荡。

陆秋白一脸"我要去世"的表情。卓越倒看得很开，大大方方晃了晃他的手，道："管理员兄弟，我真的没有开挂，我就是这个游戏的神，完全没有开挂的必要。"

陆秋白不想说话。

卓越一鼓作气："真的，你说我开挂图啥啊，我也不参加比赛，就平时刷刷副本，是一个养老的休闲玩家。"

陆秋白不想说话。

卓越再接再厉："如果您不信，我们可以去竞技场比试比试，您实地考察一下我那惊天地泣鬼神的微操——"

陆秋白依旧不想说话，特效消失的瞬间，陆秋白闪电般收回手，一拳击向卓越的面门！

卓越反应极快，仰头躲过，向后空翻拉开距离，正要说什么，忽然愣了一下。

对面竟然二话不说架起了枪——这个游戏管理员的职业是狙击手。

一愣神的工夫对面已经开了火。卓越就地翻滚，巧妙地往判定范围的边缘一卡，爆炸产生的冲击波只扫掉了他十几滴血。他站起来就跑，走位飘忽，接连的几颗子弹都与他擦肩而过。陆秋白皱着眉正上膛，忽听见耳边一声："已解锁成就，'人体描边大师'。"

陆秋白："……"

被成就提示音打断了思绪，陆秋白的动作一停，卓越已经一个闪身出现在他身后，用匕首甩了个花里胡哨的刀花，往陆秋白脖子上象征性地一搭："将军。管理员兄弟，你输了。"

卓越的职业是刺客，暴击伤害极高；狙击手的血量虽然不厚，但陆秋白多年老"社畜"的经验告诉他，这一刀没法秒了他。

但他没再继续。和独秀儿打架属于额外的加班，于是他手一松，狙击枪化作一簇光点消失，陆秋白干脆利落地说："行，你赢了。"

卓越也就放开了匕首，乐呵呵地开始吹自己的"彩虹屁"："怎么样，我操作秀吧？远程输出在这么狭窄的空间里都打不死我，我还是个'脆皮'刺客，一碰就死那种，我血都没怎么掉。哎哟，我真是这个游戏玩刺客的神。"

陆秋白自顾自地看实时数据统计，这是最能发现数据问题的办法，有的外挂会自行修改历史数据。

小白屋里人物都是基础属性，没有等级和装备的差距，想要赢就得纯粹靠操作；而且系统严密监管，外挂都挂不上。在确认了刚刚收集的数据虽然有点离谱，但又的确没有问题之后，陆秋白不得不承认，这人微操非常秀，没有必要开外挂。

下班的喜悦压倒了一切，于是陆秋白朴实而诚恳地说："你说得对。"

卓越听到他夸赞自己，礼尚往来地夸了他一句："操作也不赖嘛你。"

陆秋白工作了一天，紧绷的弦一放松，就困得天地颠倒，他神志不清地应和："你说得都对。"

卓越："……聊天鬼才。"

陆秋白在被困意强行扯下线之前，一丝残存的职业道德让他保持了谨慎，他给卓越抛了个好友申请："你开外挂的嫌疑还在，下次下副本叫我，我再观察观——"

他话还没说完人就睡着了，卓越看着他突然消失吓了一跳，喊了两声没人回应，只能一头雾水地打开好友申请栏。

您有新的好友申请："不想上班"请求加您为好友。

附加消息那一栏写的是：GM023。

卓越对着那条申请沉默了许久，才缓缓点了"同意"。

好巧，上次那个二话不说就封掉他账号的 GM，代号就是 GM023。

卓越在一片纯白的空间里沉思片刻，最后洒脱一想，没事，管理员每天要筛上万的账号，错封也是没办法的事情。反正他上个账号上除了菜和鱼，也没有什么好东西。

他拍拍屁股准备再去刷一次"黑暗森林"，忽然发现自己还是出不去。

关玩家的小白屋只有管理员权限才能自由出入，卓越显然不具备这份特权。

"管理员你滚回来，你倒是把我放出去再下线啊！"

03

陆秋白下班回家睡了个天昏地暗，第二天起床的时候神清气爽——更爽的是这两天是休息日，不用上班。

中午 12 点，他悠闲地吃着早餐饼，对着正午的太阳感叹这美好的假期生活，这时，来电铃声不合时宜地响了起来。

他抄起来一看，是个陌生号码。

"社恐"心理让他犹豫了一下，"社畜"习惯让他按下了接听键："您好？"

手机里传出来一个隐隐压着怒火、音色却如流泉般的声音：“GM023，我没找错人吧？”

陆秋白心里“咯噔”一下，这个声音有些耳熟，他条件反射道：“是我，但现在不是工作时间。”

对面沉默了一下，有点没想到地“唔”了一声，语气明显和缓：“不好意思打扰了，但能不能劳驾您上个线，把某个小可怜从小白屋里放出来？”

陆秋白：“……”

他从断片前的记忆里找出了相关事件，沉默了几秒，挂断了电话，找出家里的设备，登上了《星轨》。

他出现在雪白的方块空间里，一眼锁定了坐在方块中央的少年。卓越有一副好皮囊，此刻他歪着头、撑着下巴，看着人畜无害，一开口却很欠揍：“我说兄弟，二十四个小时都过了吧？昨天早上你还是突然掉线的，我都怕你猝死在岗位上。”

“抱歉，我昨天——前天——”陆秋白的确是把卓越忘了，他有些昼夜颠倒，一时没换算出来到底是哪天，“总之那天我加班了一个通宵，实在是太困了，又因为这两天是休息日，就睡久了一些，现在刚醒，这就把你放出去。”

他这么好说话，卓越憋的一腔火气倒是散了，他摆了摆手，很大度地原谅了他：“算了，也不是什么大事，反正多了这一天我也摸不出来种子，‘非酋’是一辈子的事。”

陆秋白道完歉，话锋一转：“一码归一码。你是怎么知道我的电话的？这是我的私人信息，你在没有获得我许可的情况下擅自获得，属于侵犯我的隐私。”

卓越愣了一下：“啊这——”

“买卖私人信息是非法的，我有权起诉你。”

卓越挠了挠脸颊，无可奈何地叹了口气："我回去问了我爸，我爸问了管理部的人，他们就把你的电话给我了，我没买你的手机号码，我光明正大要的。"

陆秋白："？"

等下，这个信息量有点大。

陆秋白一直有气无力的语气终于带了点惊讶的情绪："你爸是？"

"卓盛。"卓越一脸朴实。

陆秋白知道这个人，因为卓盛是星轨游戏公司的总裁。

陆秋白一不小心得罪了顶头上司的儿子，为了继续在这个公司混下去，他毫不迟疑地来了个九十度鞠躬："对不起，我错了！"

自从认识这个人，卓越就没听见他这么铿锵有力地说过话。

卓越看他这么惶恐倒是乐了，混不吝地吹了一声口哨，想逗逗他，故意拉长音调说："嗨，您贵人多忘事，肯定也不记得曾经把我的号误封了，我一个小小玩家又能怎么办，只能表示理解。"

陆秋白谨慎地问："你之前的账号是什么？"

"游戏 ID 是'休闲养生钓鱼种地'。"

陆秋白想起来确实有这么一回事，心想原来那个天天往我的工作邮箱里投垃圾邮件的人就是你！发一篇就算了，邮件一句一句地发，当聊天框呢？偏偏有那么一两句是有用的，他没法直接屏蔽这个混球，只能咬牙切齿地读邮件。

封得妙啊，封完了他再也没收到过垃圾邮件，极大地提高了工作效率，神清气爽。

陆秋白在心里鼓掌，表情却很诚恳："非常抱歉，我记得这件事情。当时举报人提交了你的违规数据，证据确凿，现在想来，应该是对方有意陷害，是我没有仔细查明就对你的账号进行了封禁处理，是我不对，请您原谅。如果您有需求并且封禁没超过一个月的话，我可以帮您把原账号申请找回。”

卓越见多了战战兢兢的人，看陆秋白也这样，忽然觉得无聊，敷衍地摆了摆手：“行了行了，快把我放出去，我要去刷‘黑暗森林’了。”

陆秋白恢复了平常加班时的语调：“啊，那正好，我也一起去吧。”

卓越莫名其妙：“你去干什么？”

陆秋白用“你这是什么记性”的表情看了看他：“一码归一码，你开外挂的嫌疑还没有消除，我不是跟你说了，下次下副本要叫上我吗？”

卓越在原地站了一会儿，不知该夸他爱岗敬业还是笑他不怕得罪人，心想这人真有意思，便没头没脑地说：“交个朋友呗，我本名卓越，你叫什么？”

陆秋白被他的笑搞得有些警惕，甚至怀疑他要公报私仇把自己从公司里开除，但最后还是回答了他：“陆秋白。”

卓越向他伸出手，大大咧咧地说：“行，我们是朋友了。你已经工作了，肯定比我大，以后我管你叫‘陆哥’，你管我叫‘秀儿哥’，咱俩各论各的。”

陆秋白不明所以地看着卓越，一时不知道从哪儿开始吐槽，绷着脸跟他握手。

“啪”的一声，特效触发，俩人双手合扣，粉红色的小心心从他们交握的指间飞了出来。

陆秋白：“……”

卓越：“……”

卓越：“不好意思，我这就关。”

04

世界频道。

独秀儿："来人来人，随便来三个人，打黑暗森林噩梦本，战力低于两万一的不要。"

三两一斤："缺什么职位啊？"

独秀儿："什么都行，来就行。"

系统消息："三两一斤"加入你的队伍。

卓越定睛一看，来者职业是医师，俗称"奶妈"，专门给人加血的职业。他很满意地继续在世界频道喊话："还差两人，欲加从速啊！"

系统消息："半颗柠檬"加入你的队伍。

系统消息："孤狼"加入你的队伍。

卓越在看见"孤狼"这个名字的时候愣了一下，不自在地缩了一下脖子。

陆秋白盯着他，自然注意到了他的动作，刚想问怎么了，其他三人已经传送到了"黑暗森林"入口前，卓越也恢复了常态，对着来组队的三人道："三两是'奶妈'，柠檬是法师，孤狼是战士，我是刺客，他是狙击手，没问题吧？没问题咱就走着。"

三两一斤问："咱们没有坦克，能抗住伤害吗？"

卓越道："没问题，我是抗伤害的神。再说有你，大不了人死了你再给复活——"

陆秋白"喂"了一声，听着又丧又没底气："打断一下，噩梦难度是一命通关模式，死了之后无法复活。"

卓越："对哦。"

另外三人用"你靠谱吗"的眼神谴责卓越。

"独秀儿"不以为意，把手一挥："问题不大，进本进本。"

队友只好抱着忧虑进入副本。

"黑暗森林"副本作为《星轨》高端玩家副本，每一处都充斥着设计师的阴谋，地图是一片星际战争的废墟，头顶是黑沉沉的太空，副本里没有 BGM，气氛非常压抑。

这里遍地都是飞船的残骸和各式各样的陷阱，路非常不好走，一不小心就会被地雷炸上天。路上的小怪种类丰富，且随机刷新，大部分都有隐身能力和非常不合理的攻击伤害，常常在玩家被炸上天的瞬间闪现到他们的头顶，然后怼脸打出一套暴击。

好在队里几人都是老玩家，对这副本也算轻车熟路，非常轻松地躲过了好几个副本设计师的恶意，卓越更是展示了各种厉害的走位，名副其实地拿了全队的输出第一。

陆秋白当这次游戏是加班，一路都在划水，能不出手就不出手，有卓越在前头风光无量，他乐得轻松，此刻他点开私人频道，问卓越："你认识孤狼？"

独秀儿："不认识，但是知道他是战力排行榜第一那位的小号。"

陆秋白是管理系统控制的 NPC 和 boss 的 GM，战力排行榜是玩家对战系统那边的事情，他不怎么了解，只知道战力第一的 ID 是"荒野之狼"。

陆秋白忽然一皱眉头：嗯？荒野之狼？

独秀儿："以前那个号碰上过，我抢了他摘的金鱼草，他被我按在地上打了一顿。啧，操作贼水。"

不想上班："你抢金鱼草做什么？"

金鱼草是生长在万湖星的一种较为罕见的药草，但也只是较为罕见，多等等总是能碰到的，用不着上去抢。

独秀儿："我等了半年都没等到，有一个收集任务就差金鱼草，马上就要过期了，我只能出此下策，事后我跟他道歉了。"

不想上班："……你这游戏角色的幸运值也太低了吧。"

独秀儿："嗨，这算啥啊，我这个人所有的运气都用来投胎了，干什么幸运值都趋近于零，我都习惯了。我任务刚交，号就被封了，任务奖励‘金色稻田’还没开种呢，我心痛。”

不想上班：“……”

卓越好像来了劲，开始噼里啪啦跟陆秋白哭诉他当初那个号的土地和鱼塘，陆秋白眼前消息界面闪动，眨眼就是十几条，他眼角抽了抽，又回想起当初查看垃圾邮件的痛苦。

卓越打完一段三行长的、没有标点符号的句子，刚在意识里按下回车，眼前就跳出一行红字。

系统消息：您已经被管理员禁言。

卓越：“……”

五人毫无配合地一路到了最终 boss 前，大部分时间都是卓越在秀，几次差点翻车，好在有陆秋白补枪。

在刺客又一次一套技能打完、不得不需要狙击手补枪收割最后一丝血之时，卓越皱了皱眉：“这些怪的血量是不是微调了？比我以前打的时候要高一点。”

柠檬是个妹子，歪着头说：“秀儿哥，刺客的暴击伤害本来就是不稳定的，可能只是概率问题。”

卓越深沉摇头：“不可能，我普攻很少能打出暴击，技能的暴击伤害永远都是最低的数值，没有一次例外，以前打这些小怪伤害都是够用的。”

众：“……”

这是怎样的运气啊，脸黑到这个地步为什么要想不开玩刺客？

陆秋白在高处调出了实时数据查看，微微有些疑惑，他打开私聊对话框，告诉卓越：“这次的数据从理论上来说是没问题的，但是我总觉得有哪里不对。”

卓越半天没回应，陆秋白这才想起来给他解除禁言。

独秀儿：“我的数据在理论上也没问题，您觉得不对的东西是不是都是对的啊？反向毒奶啊陆哥。”

陆秋白面无表情地重新给他禁了言。

05

小怪有没有问题不好说，“黑暗森林”的boss一定有毛病。

他们还没进入boss战的区域，就感受到了大地的震颤，紧接着废墟里散落的陨石和一些零部件都飞到了半空，逐渐构成一个庞大的巨人。

这是触发了boss战的动画，孤狼把长刀往地里一插，狼狈地稳住身形，有些恼火：“怎么回事？谁触发了战斗？”

他们停在这里就是因为法力值没恢复，这个时候开怪，技能跟不上，很有可能团灭。

柠檬和他们在一起，一直都没有动作，孤狼一边问一边往高处的陆秋白那边看。陆秋白架起了狙，狙击枪口冒着蓝光，很像是做了什么的样子。

卓越从他脸前飘过去，闪现在巨人身后，先对着它脚踝打了一套普攻，然后轻飘飘退回来：“可能只是我们不小心进入了判定范围，别急着内讧，先打boss。”

陨巨人被激怒，咆哮着冲了过来，大地轰隆隆震颤。卓越进入隐身状态，孤狼拔起刀准备迎敌，却见陨巨人忽然一停，而后抓起了脚边的一块飞船残骸，呼啸着砸向了陆秋白所在的方向！

按理说被boss锁定的应该是对boss伤害最高的角色，突发的意外让所有人都愣了一秒，孤狼火冒三丈吼道：“还说他没开怪！”

一簇火光从狙击枪口喷出，眨眼击穿了飞船残骸，令它在半空爆炸，半片没碰到陆秋白。

陆秋白重新上膛，仍旧顶着一张“我想划水”的咸鱼脸，提醒道：“小心，这个 boss 数据有问题，可能是出 bug 了。”

陨巨人一击不得手，又抓起了一块陨石，向着奶妈和法师的后排位砸了过去。陆秋白抬手两枪，把石头击碎了，碎片噼里啪啦掉在孤狼周围，对他造成了几十滴血的溅射伤害，陆秋白又继续解释道：“我真没开怪，他这是无差别攻击，分散开快跑。”

卓越已经闪到了陨巨人身上，抓着巨人的身体就往上跳，眨眼到了陨巨人的头顶，手起刀落把陨巨人的一只眼睛刺穿。

弱点伤害和暴击叠加，陨巨人头顶飘出了个鲜红的“18700”，血量掉了 3%。它嘶吼着抬手往自己头顶拍去，卓越轻盈一跳，躲过了这次攻击。

巨人的手掌把自己的脑壳砸碎了，又一个鲜红的 2 万伤害从巨人头顶飘出来，而卓越勾着巨人的手臂，落在了其肩膀的零件连接处，两刀利落地卸掉了它的一只胳膊。

巨人另一只手向卓越拍来，狙击枪口喷出蓝光，干脆地击断了它另一只胳膊。

孤狼和其他二人合力斩断了巨人的一条腿，巨人重心不稳摔在地上，碎了一地，血量已经降到了 50%。

“它要变形态了，小心！”卓越提醒说。

地上的碎石震动，所有人屏息，卓越正要动手，忽然听见身后传来一声惊叫。

他霍然扭头，只见一只从地里长出来的石块凝成的巨掌抓住了队伍中的奶妈，把他向外太空抛了出去，队友栏里三两一斤的血量眨眼清零。

卓越冲过去向着地里长出来的巨掌狠狠划了一刀，金石之声刺耳，火光四溅，巨掌倒是缩回去了，一个硕大的“0”飘了出来。

“啥玩意啊，怎么一点伤害都没有啊？”卓越手麻了，人也麻了，眼看着巨掌重新从地里伸出，翻转向他压来，他急忙往攻击范围外飘去，“陆哥，怎么说？！”

陆秋白的系统界面警告弹窗红成一片，他手忙脚乱地关掉：“副本数据溢出，陨巨人AI脱离系统管控，情况已经上报，技术部正在筛查问题！”

孤狼忙问：“什么意思？”

卓越听懂了，飞快翻译成“人话”：“这副本出bug了，控制陨巨人行动的人工智能出现了故障，问题不大，技术部会修理——”

短短两句话的工夫，地面上又生出一只岩石巨手，扫飞了队伍中的法师，队友头像又灭了一个，孤狼狼狈地翻滚，被扫掉了1/2的血。

陆秋白收到了技术部发来的紧急邮件，直接开起了全区广播：“诸位玩家，‘黑暗森林’副本出现故障，现在停止进入，已经进入副本的玩家请尽快强制脱离，造成的损失会在修复完成后进行补偿，感谢您的理解和配合……”

孤狼闻言神情一松，按下了强制拖离的选项，眨眼人就从副本里消失了。

卓越游刃有余地躲开满地乱挥的巨掌，打开系统界面打算强制脱离，还不忘跟陆秋白吐槽：“我就说他操作水吧，还不如这个‘奶妈’……”他目光向陆秋白那边一扫，动作停了停，“你怎么不走？”

“上头让我收集一下这个副本的数据。”陆秋白关掉了邮件，“你走吧。”

卓越又看了他一眼。

陆秋白站在废墟的制高点，站在漆黑的太空下，低着头提着枪，神色有点疲倦，不怎么情愿的样子。

尽管知道这个人在上班时间一直是这张厌世脸，但卓越还是觉得他好似受了委屈，不忍心把他扔在这么个破环境里，于是叹了口气，关掉系统界面，漫不经心地说：“哎，那我陪陪你吧。”

陆秋白看着他，忽然笑了一下，利落地抬起枪，把抓向卓越的一只巨掌击成了碎片。

06

在进行了一番克苏鲁触手抓跳蚤——卓越是那个跳蚤——的游戏后，遍地的石头手臂都被收了回去，地面剧烈震动，陨巨人的本体从废墟中升起来。

陆秋白刚抵达另外一个高点，脚下的废墟就被震塌了，只得重新滑回地面，和卓越会合。陨巨人出来后却没理他们，发狂般捶着地。

卓越在地震中站得稳稳当当，疑惑地问道：“它干吗呢？”

陆秋白监控着副本的数据，忽然觉得不妙：“不好，它好像要破坏地图——快，趁现在脱离副本！”

卓越一声“啊”还没说出口，陨巨人忽然重重向着地面一捶，地动山摇，副本地面的边缘开始崩裂，陨巨人再向地面一拍，它掌下的地面瞬间崩毁，紊乱的数据流出现在地面之下。

二人扭头就跑，脚下的地面随机地塌陷，陆秋白拐过一大片数据乱流，大声喊：“来不及了——别掉下去了！这下面是数据乱码，掉下去你的游戏数据就找不回来了！”

卓越调出系统界面一看，竟然也是一片乱码：“我的强行脱离键被抠掉了陆哥！”

“这个副本已经彻底不受系统控制，我们被困在这儿了！”

卓越骂了一声，奋力越过一片数据乱流。陆秋白一心二用，正在飞快地编写着一段代码，为的是让他们就算落进数据乱流也能保存一部分数据。忽然，他的脚下一空。

陆秋白的面前已经没有路了，遍布着涌动的数据流，他无处借力，只能向着乱码坠去。

“陆哥！”

卓越闪现在悬崖边，想也不想地跟着往下跳去，单手扒住边缘，另一只手向下够去。陆秋白也同时去抓他的手，却差了毫厘，两人只触到了彼此的指尖——

“啪”的一声，两只手违背物理定律地紧紧粘在了一起，十指相扣，一颗颗粉红的小心心从交握处飘了起来。

陆秋白：“……”

卓越：“……”

陆秋白：“你能不能把这特效关掉？！”

卓越：“陆哥，它救了你啊陆哥！”

两人在悬崖边缘挂了不多时，特效时长还没过，地面的震动忽然停了下来。

数据流被固定在他们脚下，不再向着四面八方扩散，陆秋白打开系统界面，发现乱码正在被修复，松了一口气：“技术部已经控制住局面了，脱离键也能用了，我们快离开吧。”

卓越仰着头没说话，陆秋白有些奇怪地抬头看他：“卓——”

一抬头，他就愣住了。

“黑暗森林”副本的天空本是一片漆黑，只有零星几点银光，显得格外阴森可怖。而此刻，可能是数据紊乱导致远景贴画出了问题，陆秋白抬头，看见了一片挥洒的星河。

他们挂在悬崖边，头顶是倒悬的星海，恒星的光穿过虚拟的数万光年，在此刻落进两人眼底。

陆秋白把副本的异常数据提交后，从回收站里找回了当初举报“休闲养生钓鱼种地”的那封邮件。

发件人是“荒野之狼”。

他把荒野之狼提交的数据打了个包，发给了技术部的同事：“帮我个忙，看看这些数据有没有被修改的痕迹，然后顺便帮我查查这个游戏账号能不能恢复——拜托了，我帮你加班。”

过了几天，他把技术部的回复连带着这封举报信打包发给了管理对战玩家系统那边的 GM：“查查这个人。”

等一系列乱七八糟的流程走完，得到肯定答复已经是一周后了，陆秋白刚结束高强度加班，疲倦地摘掉 VR 眼镜，生无可恋地往办公椅子里一瘫，这才发现同事给他发的私人邮件——是关于荒野之狼的处理结果的。

办公室的钟指向 21 点，同事们都走了。

陆秋白已经习惯了一个人的孤独，正要看邮件，就被一连串手机消息提示音给打断了。

独秀儿：“荒野之狼号被封了！”

独秀儿：“说实话，就他那个小号的操作表现，到底是怎么当上战力榜第一的，这届玩家真的不行。”

独秀儿：“欸，我忽然想起来，我当初那个账号没了也是在他被我一顿暴揍之后，你说他是不是把我举报了啊？”

独秀儿：“我好怀念我的账号。”

独秀儿：“呜呜，我的金色稻田，呜呜，我的千岛湖。”

不想上班：“你账号解封了。”

独秀儿：“？”

不想上班：“当初是荒野之狼把你举报了，他提交的数据造假，我让别的管理员去查，查出他整个人的数据都造假，所以封了他的账号。你的账号没什么问题，一切数据都还在，金色稻田和千岛湖还有救。”

对面半天没回应。陆秋白等了一会儿，以为他上号去看稻田了，刚放下手机，一个电话就打了进来。

陆秋白接起来，听见流泉般的声线说：“你现在在公司吗？加班？”

陆秋白听见加班就心绞痛，颤颤巍巍地应了一声。

“加什么班，天天加班，我们公司是良心企业，不搞‘996’那一套。我今天来公司了，现在正要走呢——”电话里的声音由远及近，陆秋白若有所觉，回头向办公室外看去。身量颀长的少年正懒洋洋地倚在门框上，举着手机，向他的方向看来。

目光相碰的瞬间，卓越冲他挑眉一笑：“走，秀儿哥请你吃烧烤去。”

End

暴躁执着
大学生
脸盲天才
少年棋王

电竞高手为何这样？

我不会再认不出你了

电竞高手为何这样

He Always Ignores Me

text×清酒一刀

偶尔有趣，时常拖稿，梦想暴富。
新浪微博 @ 清酒一刀

01

陈知风今天的情绪称得上“十分平稳”——从暴躁到暴躁再到暴躁，中间没有过渡。

起因是他早上起来看到了《战魂》游戏官方的通知：本该在每年 1 月举行的全国高校直播联赛，不知道什么缘故提前了，挪到了 12 月。现在是 11 月中旬，意味着预选赛还有半个月就开始了。

陈知风打电话通知队员马上开会，他们需要根据比赛时间重新调整训练计划了，这让本就菜到不行的队伍雪上加霜。

陈知风出门的时候舍友都还没有醒，他火急火燎地背了电脑冲下楼，准备去教室跟队友汇合。宿舍楼下的车棚里被各种电动车、自行车塞得满满当当的，陈知风转了两圈都没看见自己上周刚买的那辆黑色摩托车，不由得怀疑自己的记忆出现了什么问题。他随手抓了一个在旁边开共享单车的男生询问。

结论其实挺明显的。

不问还有一线希望，问完他整个人都神志不清了。

当他蹬着共享单车到教室的时候，已经迟到了十分钟。教室里面陷入一种“咸鱼将死”的沉默。

陈知风忍住被偷车的暴躁，努力心平气和地说道：“咱们的时间已经不多了，要死要活都得看这一次，以后大家只要没课的时候都过来这里训练。”

一个队友犹豫着举起手：“队长……虽然很不好意思，但我要退出了，现在时间太紧了，12 月我还有好几个考试要准备。”

其他队友也一副心有戚戚焉的样子，仿佛只等陈知风一点头，就解散回去睡觉。

陈知风觉得自己要心肌梗死了。

他组建起的这支队伍，虽然叫“C 大《战魂》第一战队”，但其实 C 大玩《战魂》的除了他们也没什么人了。

《战魂》的高校联赛在陈知风上初中的时候就已经十分火热，那会儿家长们大都对网络游戏严防死守，因此陈知风日夜盼望着能早日考上大学，光明正大地去打比赛。

在考大学这点上，他和他妈妈的目标倒是一致——A 大很不错，离家近，学校排名高。而对陈知风来说最重要的是，A 大每年在《战魂》联赛上都能拿到前三，简直是“梦中情校”。

高考前一天晚上，因为即将“解放”带来的过度兴奋，陈知风失眠了。第二天他头痛欲裂地上了考场，考完就知道自己完了。

录取通知书下来的那一天，陈知风久久无语，C 大，专业排名倒是不错，但在《战魂》联赛上却是年年倒数第三的凑数存在。

到这时他其实还抱着一丝希望，等他去了学校，就振兴 C 大战队。结果开学第一天他跑去社团办询问 C 大《战魂》战队时，学长告诉他：学弟有梦想是好事啊！咱们学校别的好处没有，就是能让你体验从零开始的快乐。

——能打比赛的学长该考研的考研去了，该毕业的毕业去了，因为剩下的人太菜，战队已经解散了。

C大里玩《战魂》的人不少，但能达到陈知风标准的寥寥无几。

陈知风用了整整一个月的时间在学校里大海捞针，或者说叫矮子里拔高个，总算拔出四个勉强能用的队友——按他的标准来看，这些队友起码还得训练三个月才能让战队从倒数第三的深渊爬向倒数第四的黎明。

现在黎明也要下班了。

晚上陈知风回到宿舍躺下的时候，神情安宁，毫无生机。

睡他上铺的徐逸探过头来："哥们儿你怎么了？"

陈知风："我只是在思考，世界上电竞高手那么多，为什么不能给咱们学校分几个？我都已经不奢求是打《战魂》的了，打别的厉害也能来救一救我啊！"

徐逸也知道他在说组建战队的事："现在我有两个建议给你。"

陈知风："你讲。"

"第一，等下一届新生进来你再去比赛。"

"……"

"第二，现在退学复读换个学校还来得及。"

"……"

陈知风无言，向上翻了个白眼。

突然，响起了敲门声，陈知风下床开门。门外站着一个个子挺高的男生，穿黑色卫衣，戴黑色棒球帽，帽檐拉得有些低。

"交个资料表。"

"哦好。"

徐逸是班长，最近在负责做年级活动策划，到现在还没把资料收齐。

那个男生的声音低低沉沉的，有点耳熟，应该是他们班的。

陈知风接过来随意看了一眼，目光忽然顿住，一把拉住了要走的男生，像拽住了救命稻草。

他指着最后“特长”一栏，语气急促道：“这个‘擅长电子竞技游戏’，是有多擅长？”

男生低头看了一眼：“这也能表演节目？”

陈知风愣了一下：“不是。”

男生：“哦，那就好。”

陈知风：“……”

他不会是为了逃避活动才写的吧。

男生转身又要走，陈知风不死心地追出去拽住他：“同学，你到底擅不擅长啊，有意向参加比赛吗？”

“没有意向。”

他随手抬了一下帽檐，露出一双黑沉的眼睛：“我要走了。”

就这一眼，陈知风脑子跟过了电似的，一下就松了手，恍恍惚惚地关上了门。

徐逸又探过头来：“找到会打游戏的了？咱班的？谁啊？”

陈知风低头念资料表上的名字：“褚明言。”

“褚明言啊……算了吧。”徐逸皱眉，“我组织的两次活动他一次都没来过，真不知道该说他独还是该说他傲，在班里好像也没见谁跟他走得近。”

陈知风叹一口气：“但我还是想参加今年的比赛。”

徐逸：“他也不一定真的打得好。”

陈知风叹两口气：“但我感受到了大佬的气息。”

徐逸：“……那去找他谈谈？”

陈知风叹三口气：“但我刚想起来，他是我早上骂的那个人。”

徐逸：“？”

02

陈知风拉了一下时间条，一下子倒带回今天早上，复盘了和褚明言相遇的那一幕。

他拉住准备骑车离开的男生："同学，你看到这儿停的一辆黑色摩托了吗？"

褚明言看了一眼那块空白的地："嗯，被推走了。"

陈知风："推走了？！"

褚明言顿了顿："应该没记错吧，挺重的，我还帮忙推了一下。"

陈知风："还帮忙推了一下？！"

褚明言皱眉："……你是复读机吗？"

"……"

陈知风脑门突突地跳，气不打一处来："我看你眼熟，没记错咱们是同班的吧，这栋楼只有我一个人有摩托车吧，你看不出来那人是偷车的？"

"这人还帮忙推了一把？是等警察表扬？"陈知风回想起来就来气。

徐逸在一边听着，也皱起眉来："确实不应该啊，你每天骑车去上课，谁不知道那是你的车，我早说这人不怎么样，说不准还是故意的。"

陈知风："本来我也是这样想的，我就在楼底下指着他骂了。"

徐逸："他骂回来了吗？"

陈知风："他还不如骂我呢！"

褚明言就插着兜站那儿听他骂，也没什么表情，等陈知风骂到要来不及开会的时候，才十分平静地开口道："所以你把钥匙插在上面一直没拔，是在考验人性吗？"

陈知风一摸兜，哑了。

03

徐逸诚恳道："哥们儿，你这真是自己作的，他看起来可不像那么大度的人，还会愿意跟你打比赛？”

陈知风也是这么想的，毕竟自己无缘无故把人骂了一顿，没被揍已是万幸。

褚明言刚刚没把资料表拍自己脸上，就算涵养好的了，还想拉他打比赛？简直是自己给自己脸了。

现在这口可是太难开了，陈知风心里虚得很，要么算了吧，再找找人，或许还能再淘一个出来。

于是陈知风又在学校论坛里喊了三天，意料之中的石沉大海。队友还发消息来："队长，这周再找不着替补，我也要退队了。"

陈知风垂死挣扎："……我觉得还能再救一下，再给我几天，训练照常。"

第二天，陈知风夹着课本表情凝重地进了教室。他是有备而来的，这节大课会有半小时的讨论时间，只要他坐在褚明言旁边，总能跟他搭上话。

道歉这种事是有讲究的，你要是直接跟他道歉，他接受之后也就当没你这个人了，之后再请他来打比赛，就好像是为了组队才跟他道歉一样，不是人干的事。这种时候不能硬来，得隐晦地讨好，让他不能直接拒绝，再趁机拉近距离，等火候差不多了，就可以郑重地来一套道歉加邀请，这就有诚意多了。

这七弯八拐的道歉思路还是陈知风翻某乎学来的。

可惜实践和理论向来有巨大的鸿沟——向来抢占最后一排的陈知风发现褚明言是坐在第一排的学霸。

趁着褚明言出去上厕所，他挤到前面，厚着脸皮冲坐在褚明言旁边的小姐姐笑："同学，咱们能不能换换位置，就今天这一次。"

陈知风是有“仗脸行凶”的资本的，他笑起来的时候还有酒窝，酷甜酷甜的。

小姐姐二话不说为美色让出了座位。

褚明言回来的时候，陈知风低头装作翻书的样子。旁边窗是半敞开的，风吹过来，他好像闻到了一点洗衣粉的味道，跟他用的是一个牌子。他用眼角余光往身侧一瞟，但除了黑色外套什么也看不到。

过会儿又传来纸页“哗啦”的声音，是在翻笔记。

陈知风开始焦灼了，褚明言到底看见自己了没有啊，怎么都没点反应。

他的左手搁在抽屉里不停摩挲可乐瓶子。他本来的计划是若无其事地把可乐推过去，假装是早上超市活动买一送一的，以此来试探褚明言现在的态度——是接受，是拒绝还是直接倒他头上。

但这股“我在学习生人勿近”的气场实在是很难叫他有动作。

这一拖就拖到了老师进来：“现在两人一组，先互相评定一下上周的作业，分数打在群里。”

陈知风的表情凝固了，上周一直在忙战队的事，哪儿还记得什么作业。

褚明言把写满一页的代码推了过来。

陈知风把空白的作业纸和一罐可乐推过去。

褚明言：“……”

陈知风沉痛地想，他八成是要摔死在这条鸿沟里面了。

04

褚明言指指可乐：“什么意思？”

陈知风用胳膊挡住脸，心虚气短：“你觉得是什么意思……”

看在这罐可乐的分上睁一只眼闭一只眼，求您了。

他听见褚明言叹了一口气，接着他的余光里一空，可乐被拿过去了。没过三秒钟，他在群里看到自己的名字后面跟着八十分。

陈知风刚要松口气，又听老师慢悠悠道：“一会儿收上来我再二次评定，综合起来计入平时成绩。”

陈知风："！"

他转头看褚明言。

褚明言也在看着他，目光不言而喻。怎么可能让陈知风交一份空白的上去，而且两个人也不可能交一模一样的。

陈知风眼巴巴地望着褚明言："怎么办？"

褚明言："你问我？"

陈知风从抽屉里又掏出一罐可乐缓缓推过去。

褚明言："……"

陈知风诚恳道："我是废物。"

褚明言揉了揉眉心："我念，你写。"

陈知风疯狂点头，用了十分钟潦潦草草地补出一份八十分水平的作业，再看褚明言，就像看见了学神。

05

可乐送出去了，陈知风再也找不到讨好褚明言的机会了，并在讨好的道路上疯狂倒退。

褚明言这节课不知道为他叹了多少口气。

小组提问他不会，小组讨论他不懂。

这种小组讨论的分是两个人合在一起算的，陈知风恍惚意识到自己根本不是来讨好褚明言的，而是给后者拖后腿的，还强迫性地把人家架到火炕上。

学神再神，也带不动一个连题目都需要给他中译中的菜鸡。

在褚明言越来越匪夷所思的目光里，陈知风开始觉得自己六十分万岁的思想简直无可救药，自己怎么配坐在他旁边。

终于熬到课间，褚明言道："下次上课的时候，或者你……"

陈知风点头如捣蒜："我懂我懂，不用下次，我现在就滚。"

说完头也不回地奔向“老家”。

徐逸还在后排趴着睡，被他摇醒了，打着哈欠问：“这么快？”

陈知风：“我再不走感觉就要发生血案了。”

听完褚明言到底被拖累了多少分，徐逸拍拍他的肩：“哥们儿，你说你是不是去仇上加仇的？”

陈知风瘫在椅子上：“其实我觉得他也没那么不近人情，对我的态度好像也还行。”

徐逸：“到底是什么给了你自信？你的脸吗？”

06

陈知风连着三天都没再好意思往褚明言旁边凑，他知道教室里根本没有自己发挥的空间。

这几天观察下来，褚明言好像永远都在宿舍和教学楼之间两点一线，连食堂都不怎么去。

徐逸给他出主意：“他不去食堂，总要去澡堂。”

陈知风难以言喻地看着他：“你是不是变态啊？我跟他去澡堂能干什么？”

徐逸也不回答，一个人“嘿嘿”乐得东倒西歪。

陈知风倒是有了新思路，这人不吃食堂，总要吃外卖吧！

当天晚上他掐着饭点蹲到了楼下。这栋楼的电梯坏了好几天了一直没人来修，所以最近的外卖都只送三楼以下，三楼以上的统一放在楼下台阶上自己去找，而褚明言就“幸运”地住在了七楼。

陈知风从来没这么望眼欲穿过，他的目光穿梭在来来往往的外卖小哥中，眼巴巴地找写着褚明言名字的外卖。

终于，被他找到了——是一份鱼香肉丝饭。

他提着塑料袋奔进宿舍楼，一步跨三阶，生怕晚了褚明言就要下来了。

还好没有。

平日游戏打得太多了,体能都变差了。陈知风好不容易爬到七楼,大喘着气敲开了褚明言寝室的门，是褚明言开的。

陈知风一手扶着膝盖，一手扬起塑料袋，没说话。他住五楼，褚明言住七楼，怎么看都不太像是顺路，这次他的意思够明显了吧!

手里的外卖被接了过去,陈知风心里一松,然后听见一声“谢谢”。再一抬头，门在眼前关上了。

陈知风：“？”

这人究竟感受到他的讨好没有啊?

07

第二天陈知风又蹲到了楼下,一次不行就两次嘛,道歉这种事情,诚意最重要。

又是一份鱼香肉丝饭。

褚明言还是以“谢谢”结束。

陈知风不信邪，就盯着褚明言的脸，不信他不给点别的反应。

褚明言被他看得有些困惑，又谢了一遍：“还有事吗？”

陈知风：“……”

第三天，第四天，第五天。陈知风已经能做到跑上七楼脸不红心不跳了，褚明言却从来没有表示过想要和他谈谈的意思。褚明言每一次都坦然地接过外卖，仿佛陈知风就是个送外卖的。

陈知风现在只有两个问题：

第一，怎么会有人天天吃鱼香肉丝饭吃不腻；第二，褚明言是在考验他的人性吗?

第二个问题终于在第六天得到了解答。

陈知风敬业地递了外卖，门关上之后，他耳朵贴到门上，听到了里面褚明言和室友的说话声。

“最近的外卖小哥都愿意送上七楼了。”

“嗯，挺不容易的。”

“……”

08

徐逸听他讲完，笑得肚子痛：“说真的，别再去找他了，你还看不出来他是故意在整你吗？”

陈知风手里捏着空塑料瓶，沉默了好一会儿才说了句：“太狠了。”

他也看出来了，褚明言不会跟他一样骂人，只会叫人平白难堪，说不定褚明言还在跟室友打赌自己还要免费送多久的外卖。

亏他前几天上课的时候还觉得褚明言挺好说话的，这简直是他人生中最大的错觉之一。

“算了，本来也是我不对在先。”陈知风把瓶子扔进垃圾桶，再戴上耳机，“就这样吧，比赛每年都有，也不差这一次。”

徐逸也不知道该怎么安慰他了。很快，宿舍安静下来，只剩下敲键盘的声音。

陈知风打着游戏连跪了三局，心情越来越糟，最后翻身上床睡觉去了。

不知道睡了多久，徐逸把他摇醒了：“我们几个班委想联合咱专业其他班组织一次周末聚餐，大学头一次聚，想着租个地方，大家自己做饭娱乐那种，也方便多认识几个人。现在在统计人数，就差你了。”

陈知风大脑空了一会儿，刚想说自己没空，又想起来战队已经差不多停止训练了：“那行吧。”

徐逸点点头：“时间是明天晚上。”

“行。”

第二天陈知风才知道这聚餐有多麻烦。徐逸是班长，要负责采购，于是把一宿舍的人都给拖上了。他们在食品区扫荡了一圈，大包小包地拎着去打车。

自己做饭？这不是闲得慌吗？

他们到的时候日租房的客厅里已经坐满了人，女生们三三两两地窝在沙发上看电影，男生在旁边摆了一桌酒和桌游。气氛倒是挺热闹的。

见人差不多到齐了，徐逸招呼不会做饭的先去厨房洗菜，会做饭的等着一会儿开工。女生顿时散去了大半。

陈知风看了看桌上五花八门的酒，他没怎么喝过这东西，也不觉得有什么好喝的。班里女生见他站在那儿，往他怀里塞了一罐青啤："怎么，不好意思喝？"

"没有的事。"他顺手拉开拉环喝了一口。

果然还是难喝。

他刚想放下易拉罐，余光瞥见门口又进来一人，高高瘦瘦的身影，熟悉的黑色卫衣。

陈知风也不知道自己在慌什么，他仰头喝了一口，避开了那人的视线。不是说褚明言一直懒得参加班里活动吗？

徐逸也看到他了，小声告诉陈知风："他本来不想来，是副班跟他说这次聚餐强制参加，他才勉为其难地答应了。"

旁边玻璃门的倒影中，褚明言提着塑料袋站在门边，目光环视一圈，没有动。

这里共分为四个圈子，看电影的，喝酒的，打牌的，聊八卦的。

陈知风猜是因为他不知道该加入哪一个，哪一个都跟他格格不入。他的室友跟他也不是一个专业的，这会儿连个能说话的人都没有。

褚明言没有静立太久，拾步往厨房去了。

大厨房里人挨着人，两个水龙头都不够他们用的。他往里看了一眼，也没有硬插进去。旁边还有个空着的废弃小厨房，他取钥匙开了门。

看着他进去之后，陈知风才挪开了眼睛，现在和他共处一个空间都莫名觉得不自在。

半小时之后，大厨房那边的前期准备做得差不多了。大家互相用手甩着水闹着出来，准备换会做饭的进去。

陈知风晃了晃空了的啤酒罐，感觉挺不可思议的，刚刚注意力都在褚明言身上，竟然把这么难喝的玩意儿都喝完了。

而褚明言还没有从那个废弃的小厨房里出来。

徐逸皱眉道："不是吧，他难道打算就这么偷偷一个人待到结束？外面是有人吃人还是怎么的。"

陈知风起身扔了啤酒罐，往小厨房那边走。

要推门的时候，他的手停在了半空。他开始思考自己到底是干吗来的，是想把人叫出去？还是……想跟他掰扯清楚？

想了能有一分钟，陈知风终于一咬牙进去了。多大点事儿，怎么跟小姑娘似的，大不了一言不合打一架。

和他想象中的，里面的人坐着玩手机的场面不同。

褚明言背对着他站在料理台前，听见声响，转过头来，两人视线相交。

陈知风愣了一下，怎么感觉这人眼睛有点红？还有水迹？自己喝多了？

陈知风问："你在干吗？"

褚明言冷静地对他摊开手，只见手里有两瓣没剥完的蒜。

陈知风："……"

他把蒜拿过来，仔细一看，上面剥了皮的地方被指甲抠得坑坑洼洼，惨不忍睹。

陈知风有些匪夷所思了："你扒了半个多小时的蒜？"

褚明言点头。

陈知风又指指料理台："就扒出一个？"

褚明言再次点头。

陈知风："你还拿扒蒜的手揉眼睛了？"

褚明言："只揉了一次。"

陈知风跟他大眼瞪小眼，瞪了半天，认命地把蒜都拿过来："算了，你坐着吧。"

在这时陈知风才觉得自己真的是喝多了。他站在五平米的小厨房里埋头扒蒜，把想说的话都忘得一干二净。他身后还杵着一个沉默的监工，这沉默里仿佛还带着一点心虚，隔一会儿探一下头看一眼进度。

褚明言："我没有扒过蒜。"

陈知风："看得出来。"

褚明言："但我已经看懂了。"

陈知风："……你坐着就行了。"

他用一分钟把剩下的蒜都解决了，洗了手刚准备出去，褚明言又递过来一把大葱。

陈知风："……"

干什么，赖上他了是不是？

等到他处理完褚明言带来的两把葱、四个西红柿和三根胡萝卜之后，陈知风已然心平气和了。

陈知风把菜刀和案板收拾好，转过身时对上了褚明言的一句"谢谢"。

对"谢谢"这两个字已经患上 PTSD 的陈知风忽然就不想忍了："我就直接问了，你觉得我得做到什么程度，才能让那件事过去？"

褚明言明显愣了一下："什么事？"

这全然忘记的语气叫陈知风喉头一哽："半个月前，摩托车。还有上周的测算课，拖了你的平时分。你别告诉我你忘了，为了跟你道这个歉，我给你送了一个星期的外卖。现在我也不指望咱俩关系变好了，就问你这事还过不过得去？"

褚明言眉头越皱越紧，刚要说些什么，徐逸推门进来了："你们在干吗啊？半天不出来，菜都端上来了。”

“来了。”

陈知风没再管他，跟着徐逸出去了。

不得不说，凶了褚明言一顿后，他的心情都愉快了不少。

大家围坐在院子里的三个大圆桌上，开始抢菜。陈知风也加入其中，几盘菜一扫而光，也不知道闹了多久，他的左手忽然被拉住了，有什么东西被塞进他的手心里。

他一回头，看到了站在身后的褚明言。

“有事吗？”

“嗯。”

陈知风张开手发现是一张卷起来的纸条。他把纸展开，上面是用水笔写的一行字迹：

只告诉你一个人，我脸盲。

陈知风：“……”

09

其他同学还在客厅里继续他们的活动，陈知风和褚明言站在阳台上相对无言。

过了半晌，褚明言先开口了：“那天在课上，我是想说，下次上课之前你可以先找我补课。”

陈知风感觉到尴尬在蔓延，于是低着头一下一下地踢着栏杆：“哦……我以为你嫌我智商太低了。之前我骂你，你没生气吗？”

褚明言笑了一声：“现在还好，我知道你给我送外卖了。”

陈知风：“你真没认出来那是我？！”

褚明言认真看着他：“真的，跟你保证。我脸盲很严重，不太想让别人知道，所以平时并不怎么跟同学来往。”

陈知风："那你室友知道吗？"

褚明言："也不知道。"

陈知风："这么严重都没发现？"

褚明言："我跟你说了，你别告诉别人。"

陈知风："你说。"

褚明言："开学第一天他们收拾衣柜的时候我就站在后面，把他们各自的衣服都记下来了。"

陈知风："……"

这就是大佬吗？

10

"对不起。"

震撼过后，陈知风终于把憋了半个月的歉给道了。

褚明言回答他："没关系。"

陈知风忽然想起一件事："那你也不是因为我骂你，才不想跟我一起参加比赛？"

褚明言："比赛？"

陈知风："对啊，那天你来交资料表的时候，我问你有没有意向参加比赛，我组建了一个战队，还缺一个人，挺着急的。"

褚明言想起来了："哦，我跟你打的应该不是一种游戏。"

陈知风急忙道："没事，现在主流的电竞游戏其实都差不多，主要看意识，很快就能练起来的。"

褚明言："你打的什么游戏？"

陈知风："《战魂》，你呢？"

褚明言："斗地主。"

陈知风："斗地主也可……不是，你说你玩什么？"

褚明言：“麻将玩得差一点，不过也还行。”

陈知风：“哈哈……看不出来你还挺幽默的。”

褚明言：“没有你幽默。”

“……”

一阵冷风吹过来，陈知风被吹得头昏目眩，仿佛整个世界都在跟他过不去。

11

陈知风第二天醒来时已经回到了宿舍的床上，他依稀记得是徐逸把他给架上出租车的，当时他回客厅又开了一罐酒，试图用这难喝的东西跟世界以恶制恶。

宿舍门被敲响了。

陈知风懒得动，喊徐逸下去开门，没人应声。又喊其他人，依旧是一片死寂。

陈知风烦躁地抓了抓头发，自己爬下床去开门。

外面站着的是褚明言，他很有礼貌地问：“请问陈知风在吗？”

陈知风：“……我就是。”

褚明言：“抱歉。”

“没事，怪我换衣服了。”

陈知风侧身让出一条路让他进来：“有什么事吗？”

褚明言：“昨天回去我想了想，你如果实在很缺人，我可以帮你试试。”

陈知风搓了一把脸：“哥，你玩的是斗地主。”

褚明言：“嗯。”

陈知风：“这已经不是同一个类型了，它们之间有鸿沟你明白吗？”

褚明言：“试试。”

试试就试试，陈知风也上来一阵气，领着人去了学校外面的网咖，开了两台机子。

陈知风玩的职业是剑士，他问褚明言想玩什么职业。

褚明言说那就玩一样的吧，陈知风找出一个满级小号发给他，然后就见他打开技能栏认真看了起来。陈知风没再管他，自顾自地开了一局竞技。

约莫过了半个小时，褚明言喊他：“我觉得可以了。”

“行。”

陈知风不知道他这个“可以了”是多可以，但本着就想虐一虐他的想法，点击他的角色开始切磋。

果不其然，褚明言都没能坚持到一分钟。

第二局再开，褚明言坚持了两分钟。

第三局再开，他们打了个平手。

陈知风抓着鼠标的手有些颤抖：“你以前玩过这类型的？”

褚明言：“没有。”

第四局再开，陈知风没能坚持到一分钟。

看着屏幕上大写的失败，陈知风静默了半分钟，缓缓发问：“哥，究竟是什么，让你宁愿去斗地主，也不来搞正经电竞？”

褚明言想了想：“是我妈。”

陈知风：“……”

12

回宿舍的时候已经是晚上10点多了，陈知风拉着褚明言把所有职业都试了一遍，最后确定下来让褚明言玩“奶妈”。

陈知风还觉得怪可惜的，玩输出不快乐吗？

褚明言说这样就行，他只是在记忆和计算方面有点优势，玩辅助是最好的。

陈知风在床上躺下打了几个滚，又抬腿踢了踢徐逸的床板：“我跟你说，我现在跟褚明言关系还不错。”

徐逸挺好奇：“讲讲？怎么做到的？”

陈知风自己笑得像个傻子：“不讲。”

徐逸：“不讲就算了。”

陈知风又拿起手机给他奶奶打电话——他们家里只有奶奶支持他去打游戏。电话接通之后，他开始汇报好消息：“我那个同学答应跟我一起组队了！本来我都以为没戏了。对了，他之前玩的是斗地主。”

他奶奶：“斗地主好啊。”

陈知风：“好什么呀，一点前途都没有，谁玩这呀。”

奶奶：“我玩啊，你爸给我换了个手机，天天玩。你同学叫什么呀？来跟我一起玩。”

陈知风有点好笑：“褚明言。”

“叫什么？”

“褚明言。”

奶奶：“是全国冠军的那个小伙子？”

陈知风蒙了一下：“什么冠军？”

奶奶：“斗地主冠军啊，连续六年呢。”

陈知风放下电话，打开电脑，对着屏幕开始了漫长的沉默。

“棋牌类少年天才褚明言蝉联六届全国斗地主锦标赛总冠军。”

“褚明言宣布不再参加全国斗地主锦标赛。”

……

陈知风截了个图给褚明言发去消息：“哥，我错了，你去斗地主比跟我打电竞有出息多了！”

褚明言回得很快：“我妈为了奖金逼我的，我不喜欢斗地主，我喜欢跟你打电竞。”

陈知风琢磨着再回点什么，他这辈子头一次和全国冠军讲话，不多讲几句真是亏了。

陈知风又发："那你老认不出我来怎么办？要不你也来看看我衣柜吧，我衣服不多！"

结果褚明言一直都没有再回他。

陈知风有点紧张，他是不是说错话了？紧张着紧张着，不知道什么时候他就拿着手机睡过去了。

醒来的时候都早上 9 点了。他的第一反应是看手机，褚明言在 8 点半的时候给他发了消息："我在你宿舍门口。"

陈知风脸也来不及洗，火速跳下去开门。

褚明言竟然还在外面，见他出来，递给他一个白色包装袋。

陈知风接过来："什么？"

褚明言："我看到你打耳洞了。"

陈知风愣了一下，反应过来之后脸一下红了："你不会觉得我很奇怪吧？！不是我想打的，上个月系里有个活动，有个女生非要给我打一个。"

褚明言蹙眉："那怎么办，我买都买了。"

陈知风拆了包装一看，里面是一对样式有些奇特的黑色耳钉。

褚明言："我自己挑的，店里就剩一对这样的，想着你戴了我就能认出来。如果你不喜欢戴耳钉就算了，我之前误会了。"

说着褚明言伸手要拿回来。

陈知风躲开："送人了你还想要回去！"

褚明言："那你愿意戴？"

陈知风："只有我有？"

褚明言："只有你有。"

陈知风："那有什么不愿意的！我们扯平了。"

End

240
255
西
285
300
西北
330
350
北
隐姓埋名游戏大神
屡败屡战游戏菜鸟

师徒之约

让我一直陪着你。

师徒之约

Promise

text × 秦三见

甜滋滋的写手，笔下全是戏精。

++ 01 ++

“鲁迅先生说过，做人一定要有梦想！”方谨挺直了腰板，对面前的人说，“所以，即便我们是咸鱼，也要做最勇猛最无所畏惧的咸鱼！”

“那……”面前的人缩着脖子，一脸为难，“你的意思就是，咱们还去啊？”

“去！为什么不去！”方谨用卷起来的试卷敲了敲他的脑壳，“莎士比亚说过，不争馒头争口气！”

“行吧。”被敲了脑壳的人不确定他们究竟能不能争来这口气，但叹气是他现在唯一想做的事，“不就是送人头吗，反正也不是第一次。”

“说得好，我很欣赏你的胆识。”方谨忍不住为他鼓了鼓掌。同时，他转向另外的三个人，“小凯已经表态了，你们呢？”

他微微一笑，笑里带着刀。

怎么说呢？

大家是真不想去。

这事儿得追溯到 8 月份，如果能重来，这几个人都不会选择进那家网吧。

事情是这样的——

8 月 3 号，一款大家期待了很久的游戏终于公测了。

这是一个网络游戏，玩法就是组队打怪，每次两组人马对决，规定时间内哪组打的怪多哪组就获胜，并且获胜那一组单人成绩最高的玩家还有特殊的荣誉头衔。

说起来，近年来这类游戏出得倒是不少，照理说已经不能掀起大风大浪了，但偏偏这款游戏营销做得好，所以它在上线之前就备受瞩目。

这种时候，方谨肯定要做首测玩家。

游戏是好游戏，但方谨……

方谨乃资深游戏玩家，但凡你能叫得出名字的游戏，他基本上都玩过，但战绩……一言难尽。

有时候连方谨自己都觉得不可思议，自己小学五年级就开始沉迷网络游戏，眼看着都要大学毕业了，怎么还是菜鸟一个呢？别说大型游戏了，玩个跑跑车都能被人虐得屁滚尿流、连滚带爬，让他怀疑人生。

不过话说回来，方谨虽然在游戏里无法称霸，但三次元里混得还是挺像那么回事儿的。

人长得帅不说，家里条件优渥，成绩也一直都很不错。大四了，别人要么为找工作秃头，要么点灯熬油地备考，但他不一样，他已经手握学校的保研名额了。

现实生活的成功让方谨更觉心中有憾，必须想办法在游戏里扬眉吐气一次。

方谨屡战屡败，但屡败还能屡战。

身边的人都忍不住感叹："谨哥，你是真英雄。"

真英雄从不畏惧失败，永远都有站起来的决心。

事实上，方谨最近盯上这款游戏的原因无非就是它刚开始公测，大家都还不熟悉操作，人人都是菜鸟，站在同一起跑线上，他多少有点儿胜算。

他的小算盘打得噼啪作响，但问题是，找不到队友。

方谨的花花肠子多啊，一眼就瞄到了倚在门口的网吧老板。

这网吧老板也算是方谨的老熟人了，是那种虽然不知道名字、年龄、家住何处，但每天见面打个响指就知道对方想说什么的熟人。

方谨回头，盯着老板看。

“哥，”方谨微微一笑，“聊聊？”

老板喝着可乐瞥了他一眼，走过来道：“说。”

“今天没什么人，玩一会儿啊？”

方谨觉得挺奇怪的，网吧老板看着也就不到三十岁，大不了他多少，长得帅，还挺会拾掇自己，每次方谨过来都能顺带被这位帅个跟头。照理说，他们这种类型的帅哥，又是自己开网吧的，那肯定都是游戏老手了，但每回方谨凑过去一看，这人都坐电脑前专心地玩着扫雷。

就很……反差萌。

方谨说：“新出一游戏，我自己玩不了。”

老板笑笑：“我不会。”

“我教你呗！”方谨大言不惭地说，“包教包会！”

老板欲言又止，喝了口可乐。

就在这时，门口突然传来声音，老板跟方谨一起扭头看过去，老板说：“这回你不用愁了，队友排着队来了。”

此时此刻，门口走进来四个“方选之子”——小凯、小强、小川和小叮当。

这四个人都是方谨同班同学，他们平时经常一起打游戏，换句话说就是经常一起被虐。

原本这回方谨想找几个厉害一点儿的队友，起码自己顶不住的时候，队友能打。

但人都来了，这就是天意，于是方谨大手一挥，给他们四个一人开了一台机器，还点了一个“网吧三件套”，这队就算是组上了。

所谓“网吧三件套”，就是可乐、泡面和口香糖。

五人一组，方谨手把手地教兄弟们注册、登录、领取公测礼包。

他不仅很会用物质好处收买人心，还深谙“营销学”和“成功学”的奥秘。

他站在兄弟们身后，对他们说：“这一次，我们为自己而战，为荣誉而战！”

几个人像傻子似的喊口号，得亏这会儿网吧里除了老板没别人，不然估摸着得骂他们扰民。

刚撕开一包薯片的网吧老板站在一边看了他们一眼，随口问了句：“什么游戏啊？这么好玩吗？”

方谨说了游戏名字，还得意地补了一句：“哥，你等着看吧，新一代的游戏王者即将在你的网吧出现！”

老板微微一笑：“好的，我等着。”

说完，老板把自己刚开封的薯片递给了方谨，顺手还轻轻拍了一下他的头。

小凯：“这就有点儿……谨哥我也要吃薯片！”

“吃个鬼！”方谨抱住手上的薯片说，“你想都不要想！”

游戏开始了。方谨作战前一口气吃了半包薯片为自己加油打气，然而二十分钟后……

小凯：“谨哥，我能申请不玩这个了吗？”

他们输得很惨，惨到什么程度呢？在别的游戏，还能留个全尸，在这里，他们身上的衣服都被人扒光捡走了。

小凯说："不是说新游戏大家都是菜鸟吗？我看菜的还是咱们。"

方谨坐在那儿生闷气，半天没说话。

网吧老板又转了过来，吃着雪糕站在他们后面问："游戏王者诞生了？"

方谨："游戏王者胎死腹中了！"

老板轻声一笑，把手里的雪糕递了过去："吃根雪糕？消消火。"

这雪糕是老板吃过的，但方谨竟然想都没想就直接张嘴。然而他吃了个寂寞，咬下去的一瞬间老板突然恶作剧似的收回了手："等着，我再去给你拿一个。"

老板去拿雪糕，小凯又说："我也想要！"

方谨"啧"了一声："游戏打不好，吃吃喝喝倒是不落下！"

他在这儿说别人，自己也跟人家差不多。

老板拿了雪糕回来，给他们一人一个，然后搬了椅子过来坐在了方谨身边。他让方谨把刚刚的游戏录屏放一遍给他看。吃人嘴软，方谨只好乖乖听话。

老板看得很认真，方谨在一旁生闷气。看游戏回放这种事情就像是吵完架之后再回顾，发现自己当时没发挥好一样，越想越生气。

"这游戏还行，难度不大。"

听到老板这话，方谨嫌弃地看向他。

老板不顾他嫌弃的目光，随手揉了一下他乱糟糟的头发："游戏王，别放弃。"

"那当然！"方谨吃着雪糕说，"我才不是会轻易放弃的人！"

方谨当然不是，他从小学刚接触游戏的时候就知道了，自己是个意志超群的人！

老板走了，留下方谨和他的队友们。

方谨："再战一局，我们一定可以完成华丽的逆袭！"

最后的结果是，一天结束，胜局为零。

方谨郁闷到食不下咽，最后网吧老板说："别郁闷了，我请你吃火锅吧。"

火锅？

"立刻出发。"

++ 02 ++

方谨整天泡在网吧里，被网吧老板当吉祥物似的好吃好喝地"供"着，老板说："你不是未来的游戏王吗，我得提前抱大腿啊。"

"有眼光！"

网吧老板是有眼光，但自己那几个队友显然没有。

小强说："谨哥，鲁迅没说过那句话。"

小叮当说："谨哥，莎士比亚好像也没说过。"

方谨说："要你们管？你们赶紧给我个答复，去还是不去？"

今天背水一战，方谨在网上认识了一个小学生，那小学生狂得很，扬言不带高级装备都能秒杀方谨他们队。

方谨受不了这委屈，觉得自己不管怎么样在游戏里吊打小学生还是绰绰有余的吧。

万万没想到的是，他士气高昂，他的队友却毫无斗志，甚至想弃赛。

"有点儿出息行不行？"方谨说，"我们现在才连败 30 局，想逆风翻盘还是很容易的！"

方谨怒目圆瞪，希望队友们能从他炯炯有神的目光里感受到力量。

一直没有说话的小川开了口，他说："谨哥，我可以确定鲁迅和莎士比亚都没说过那些话。"

"……"方谨快要气死了。

重点是这个吗？

重点是他们要比赛！要赢！要决战游戏之巅！

“少废话！”方谨像赶鸭子一样把几个人赶进了网吧。

方谨走在最前面，气势汹汹，一进去就大手一挥，对老板说：“开五台机器，来五个套餐，我付钱。”

有钱真的了不起。

老板顺手给了他一罐可乐，同时笑着问：“今天能称霸了吗？”

“等着瞧吧！”

老板喝了口可乐：“行，今天你要是称霸了，我给你免单。”

方谨回头跟他对视，高傲地一笑：“瞧好吧您！”

半小时后，网吧老板站在方谨身后，一边给他揉肩膀，一边轻声笑着说：“不错，上次全部被虐杀，这回还剩下一个。”

他刚说完，最后一个也被对方打趴了。

什么叫戏剧化？这就叫戏剧化。

方谨颜面扫地，哀号着趴在了键盘上。

同时，对面的小学生发来消息嘲笑他们，小凯还不知死活地给念了出来，气得方谨额头青筋暴起。

“想不想跟我组队来一局？”网吧老板站在后面悠闲地喝着可乐。

“就你？”方谨回头看他，有些怀疑，“这可不是扫雷！”

要知道几天前这位哥还在问他游戏装备怎么弄，连账号都没有，现在竟然敢来跟他组队？

网吧老板这种可谓是菜鸟中的菜鸟，真不是方谨瞧不起他。

方谨说：“不是我质疑你啊，但你要是加入我们队，我们这五个人，谁给你让位置啊？”

他话音刚落，旁边四人同时举手，场面一度非常尴尬。

方谨：“……行吧，随便吧。”

什么菜鸟不菜鸟的，反正他们一次都没赢过，谁上都无所谓，能凑够五个人就行。

扫雷玩得好的，别的游戏应该也能勉强凑合吧？

就这样，小叮当以自己已经憋尿半小时为理由，把位置让给了网吧老板。

老板说："打个赌吧。"

"什么？"方谨看向身边的人。

"如果这局赢了，你就拜我为师。"说着，老板冲方谨意味深长地一笑，笑完之后还挑了挑眉。

这人真挺帅的，但帅不代表就可以这么嚣张！

方谨还没遇见过如此嚣张之人！

他不屑地一笑："没问题啊，但要是输了，给我们免一个月的单啊！"

方谨狮子大开口，就是为了吓唬对方，毕竟"赢"，他绝对没有把握；但"输"，不在话下。

"成交。"网吧老板毫不迟疑地答应了，顺带抬手揉乱了方谨难得打理得板正的头发。

另一边，从厕所回来的小叮当打量着网吧老板，越看越觉得这人眼熟。

在哪儿见过呢？

哦，每天都见，毕竟每天都来打游戏。

肯定是这么回事儿。

小叮当吃着火腿肠，看着他们打游戏，在一边嘀咕："谨哥，这回你能行不？"

方谨瞥了他一眼："你别打扰我，我就肯定行。"

方谨说他肯定行，但没说是肯定能赢还是肯定能输。

游戏一开始，原本应该是队长的方谨被打得连连躲避，倒是自称第一次玩这游戏的网吧老板，连续几个技术性躲避，直接冲出了重围。

这就有点儿厉害了！

方谨直接被对方的技巧炫得差点儿瞎了眼。

“愣着干吗呢？”网吧老板皱着眉对方谨说，“上啊！”

“哦！”方谨这才回魂，紧随其后，冲过了对方设置火力最强的一段路。

小凯他们也是一路紧跟，但在最后快要冲过去的时候，还是被对方杀了一人。

死的是小强，小强摘了耳机感慨说：“有一说一，这是跟谨哥组队以来，我存活时间最长的一次！”

也就这点儿追求了，说出去能把人笑死。

至于方谨，他打游戏这么久，从来没像现在这么紧张过，因为他总觉得自己好像要赢了。

这网吧老板，人狠话不多，一路杀出去，直接打爆了对方三个人，帅得方谨整个人都看傻了，恨不得马上跪下来拜师。

一杀三，以前方谨都是那个“三”。

身为队长的方谨很快就看清了局势，乖乖退到老板身后，冲锋陷阵交给大神，自己打掩护就好。

他突然明白了为什么有人打游戏要找高手“带飞”，跟高手一组，真的是仿佛身在天堂！

“方谨！”老板突然叫方谨的名字，“你正对面 10 点钟方向，打！”

方谨压根儿没看见人，但老板让打那儿就打那儿，肯定没毛病。

现在方谨已经完全信任了对方，铁了心跟定他。

就这样，方谨他们队不仅赢下了这一局，他个人还杀了个“敌人”捡了点儿装备。

前所未有的快感让方谨立刻拜师。

“老板，哥，大哥，亲哥！以后你就是我师父了。”方谨十分虔诚，

“需要敬茶不？需要什么隆重的仪式不？徒儿立刻安排！”

网吧老板笑着看方谨：“那倒是不需要，不过我有一个要求。”

“您但说无妨。”

“我教你在游戏里制霸，你，”老板说，“给我当一个月店员。”

不就是一个月的店员吗！

“没问题！”

方谨脑子一热，人家说什么都没问题，倒是小凯，嘟嘟囔囔地说：“老板心机好重哦，就这样把我们谨哥套牢了。”

++ 03 ++

方谨怎么都没想到有一天自己会为了跟人学打游戏跑到网吧来当小弟。

除了早中晚打扫卫生，方谨在店里的时候只要有人开机器或者买东西，那都得他忙活。好在不算累，而且他也不是整天都在这儿。

一般来说，方谨只有在没课的时候才过来，忙活一会儿，空下来了老板就叫他过去坐在自己的电脑前。

老板的电脑就是不一样，硬件设备强到让方谨都直呼内行。

方谨搓搓手：“坐在这儿我就能成为战神吗？”

老板：“显然不能。”

老板拿了一罐可乐给他：“但在我的指导下，你大概率可以。”

这人哪儿来的自信呢？

方谨可太了解自己了，他打游戏就是不行，天生不行的那种，后天怎么努力都没半天用那种。

他说：“你可别太得意，虽然我确实聪明伶俐，但在打游戏这方面，比笨鸟还笨。”

“知道你为什么这么努力却还是屡战屡败吗？”老板拉了一把椅

子过来坐在他身边，同时轻轻敲击键盘登录了游戏，“打游戏这种事情其实跟学习一样，是有技巧的。”

这些方谨当然明白，各种游戏攻略他还真没少看。

“游戏攻略只能信一半，”老板说，“真正的高手是不会到网上给你们发攻略的。”

方谨笑了：“这话说的，不知道的还以为你是高手在民间呢。”

老板对着他一笑，没说话。

虽然方谨心中疑虑重重，但还是开始跟着老板学打游戏，每天“师父师父”地围着人家叫，恨不得拿个小本本记下对方在游戏中大杀四方的所有技巧。

老板说：“别拿着本子记，没用，你得记到脑子里。”

方谨那些日子刚好也没什么事儿，课余时间全都泡在了这间网吧里，吃老板的，喝老板的，用老板的，有时候晚上不想回学校，还直接睡在人家这儿。

老板说：“我真应该另外收你一份钱。”

说这话的时候，方谨睡得正香，老板往他身上盖了条毯子，关好窗户出去了。

一个月就这么过去了，期间方谨好几次还想约那几个小学生打一局，总觉得自己的技术有了飞一般的进步，但每一次都被老板给镇压住了。

“再等等。”

再等等，再等等。

方谨等得无聊每天只能跟老板 1v1，然后每次都被虐得体无完肤。

方谨说：“我怀疑你是故意的。”

“我故意什么了？”老板笑他，递给他一根火腿肠，“吃吗？”

“吃！”方谨一边吃火腿肠一边嘀咕，“你根本就是想虐待我，什么制霸游戏，都是忽悠我的。”

老板笑而不语，又开了一局游戏。

这一次，方谨依旧被老板虐得渣都不剩。

他们俩有一个约定，哪天方谨要是在一对一的游戏里赢了老板，老板就无条件答应他一个要求。

当时方谨想的是：等着吧，到时候肯定让你跪下来叫我师父。

只不过一个月都过去了，方谨依旧毫无胜算，让对方跪下叫师父这事儿也遥遥无期。

就在两人打算再来一局“激烈”的游戏厮杀时，小叮当突然跑了进来，对着老板说：“哥！我想起来了！”

方谨刚刚被虐得心尖儿都在滴血，这会儿没精打采地看向小叮当：“你想起什么了？”

原本这声“哥”他以为小叮当是对着他叫的，结果没想到人家小叮当自始至终就没看他，眼里只有那个坐在那儿优哉游哉喝着可乐、等待游戏开局的网吧老板。

“什么情况？”方谨说，“你说什么呢？”

网吧老板抬头，对着小叮当微微一笑，同时比了一个“嘘”的手势。

小叮当连连点头，竟然莫名其妙地脸红了。

方谨看得目瞪口呆：“干吗呢？你们两个背着我干什么呢？”

小叮当凑到老板耳边嘀咕了几句，老板点点头：“没问题。”

就这样，小叮当心满意足地走了，走前还十分敬畏地看了一眼网吧老板。

方谨觉得自己被无视了，那可是他的兄弟，怎么突然就变了阵营？

“你们刚才说什么了？”方谨好奇地问。

老板又喝了口可乐，淡定地说：“没什么，就是打赌这次还是你输。”

方谨翻了个白眼，十分有自知之明地说：“废话！这还用得着你说？”

++ 04 ++

小叮当自从上次来跟网吧老板说过悄悄话之后，就开始三天两头往这儿跑，甚至还管老板叫“师父”。

方谨这就不乐意了。

“乱叫什么呢？”方谨挡在两人中间，看都不让小叮当看老板一眼，“师父也是你配叫的？”

“干吗啊？”小叮当委屈，“人家都没说什么呢！”

“他不好意思拒绝，但我好意思！”方谨说，“记住了啊，我才是他的关门大弟子，你就别瞎惦记了。”

老板看着他俩在这儿你一言我一语的，不知道的还以为这两人在这儿争风吃醋。

方谨突然转过来对着老板说：“你自己跟他说，我是不是你的唯一。”

老板这一口可乐刚送进嘴里，差点儿因为方谨这句话喷出来。

他咽下可乐，笑着说：“这话有点儿暧昧啊！”

“你想什么呢！”方谨撇撇嘴，“之前咱们不是说好了，你就我一个徒弟吗！”

也不知道怎么的，方谨这好胜心就起来了，非得在这事儿上争个唯一。

老板无奈点头：“嗯嗯，你说得对，就你一个。”

方谨转过来冲着小叮当挑眉，得意扬扬地说：“听见了？”

“要不这样，”方谨灵机一动，“你拜我为师。”

小叮当一听，转身就逃。

就方谨那技术，还是饶命吧。

小叮当跑了，方谨一脸疑惑：“他什么意思？”

他转过来问老板：“我在他心里，就那么不堪吗？”

老板笑着哄他："没有，可能他觉得自己不配当你的徒弟吧。"

这句话并没有安慰到方谨，方谨说："师父，我到底什么时候能跟别人来一局？光这么跟你打，没成就感。"

主要是，没法为自己正名。

方谨也是要面子的！

"快了。"老板又开了一罐可乐，"下周。"

方谨不知道他在等什么，但既然师父让等，那就等："行，毕竟朱自清说过，想要成功，就要学会等待。"

"朱自清没说过这句话，"老板揉了揉方谨的头发，"再来一局？"

"不来了。"方谨说，"被你虐得心情好差，我要吃烧烤。"

老板直接把手机丢给他："点吧。"

方谨觉得这么跟老板混日子也挺好，有吃有喝，而且想吃什么吃什么，都是对方请客，这让方谨挺不好意思的。但不好意思归不好意思，每次输得不开心了他还是会狠敲老板的竹杠。

其实方谨一直都挺不能理解的，老板为什么要收自己这个赔钱徒弟，虽然自己平时确实有帮忙照看店里的生意，但显然付出跟回报是不成正比的。

这个疑问他一直没有提出来，生怕自己一问，惊醒了那位梦中人，然后被扫地出门。

憋着，不问，好汉不吃眼前亏。

吃完烧烤的那天晚上，方谨突然明白了老板为什么说让他再等一个星期了。因为当晚他一直玩的那款游戏发布了新的比赛公告，这一次不需要组队，是单人对决。

方谨诧异地问老板："你怎么知道一周后会有这个活动？"

"我不知道啊，"老板盯着电脑，十分淡定地回答，"我就是随便说说的。"

随便说说就这么准?

赛半仙啊!

但不管怎么样，方谨把名报了。

之后的这一周，方谨甚至拿出了当初决战高考的架势，每天疯狂刷经验，跟老板打。虽然依旧赢不了，但他开始认真做每一场比赛的复盘。

小凯他们来问方谨："谨哥，那个单人对决你参加不?"

"当然，"方谨跷着二郎腿，喝着可乐，一副藐视众生的高傲模样，"瞧好吧，谨哥到时候拿个第一，你们千万别羡慕。"

不会的。

他们几个想：我们不会羡慕的，因为你根本不可能拿第一。

老板陪着方谨练了几天，到比赛前两天的时候，老板说："我们来进行一次放松赛吧。"

所谓放松赛就是老板放水，让方谨赢。

方谨一开始还挺不乐意的，心说：你放水，这是瞧不起我吗?

但几轮下来，方谨虽然赢了，但都赢得并不轻松。

老板笑着说："行啊，有点儿信心了没?"

"显然没有。"方谨说，"不过到时候不跟你打的话，应该没问题。"

老板一愣，轻笑道："为什么这么说?"

方谨撇撇嘴，自己找可乐喝去了。

"喂。"老板突然叫住了方谨。

方谨回头看他："干吗?"

"少喝点可乐，"老板说，"长胖。"

"……你管我。"方谨打开易拉罐，喝了一口，又偷瞄了一眼老板，然后小声嘀咕，"再说了，就算胖了，你也……"

"我也什么?"老板凑近了问。

他突然凑近，吓了方谨一跳，向来厚脸皮的方谨竟然下意识地红了耳朵。

“你害羞什么呢？”老板又问。

“没有！”方谨翻了个白眼，转身就走，“我胖成猪也不关你的事儿！”

老板站在原地笑着问：“真的？”

“真的！”

++ **05** ++

在方谨成为网吧老板徒弟的第 35 天，单人对决赛正式开始。

比赛分成好几轮，从初赛到总决赛，一共要进行半个月。

方谨一路过关斩将，他都没想到自己竟然还真的轻松打到了总决赛。

小凯说：“鲁迅说过，这不可思议。”

小强说：“莎士比亚说过，这不可思议。”

小川说：“朱自清说过，这不可思议。”

小叮当不一样，小叮当说：“我早就知道一定会这样！”

众人不解地看着他，他眼里却只有在一边安静喝可乐的网吧老板。

方谨抬手，敲了一下小叮当的脑袋：“别看了，再看也不是你师父！”

小叮当撇嘴：“抠门！给看看都不行？”

“行，看一眼一百块，看吧，随便看。”

方谨不做人，小叮当忧伤地跑走了。

比赛进行到最后，总决赛，一组和二组的胜利者进行最终的对决。

一组胜者是方谨，这一次就算他拿不到总决赛的冠军，也能在朋友圈里扬眉吐气了。

说起来，这还都得谢谢他师父。

方谨说：“师父，我有点儿紧张。”

老板却在一边玩扫雷，对他说：“放轻松，能赢最好，输了也不丢人。”

确实是这么回事儿，但方谨还是想努努力赢下这一局。

方谨问他：“你还记不记得咱们俩之前打过一个赌？”

“什么？”

“我赢了你的话，你可以答应我一件事。”方谨说，“之前的放松赛不算，我也没找你兑现过。”

老板放下鼠标，看向方谨。

“我能改一下吗？”

“你说。”

方谨说：“改成……我要是拿了第一，你答应我一件事。”

“怎么？是你打算强行以身相许来报恩？”

“哎呀！别闹！”方谨冲他挤眉弄眼，“别开玩笑！”

老板靠在椅背上笑得不行，点点头说：“成交。”

口头的成交让方谨不放心，他特别幼稚地跟对方勾起手指：“拉钩上吊，一百年不许变。”

老板忍不住笑出了声：“你这么大人了怎么跟小孩儿似的呢？”

“跟你比可不就是吗！”

最后一场比赛方谨没有在老板店里打，而是自己躲回了家。

他关好门窗，拉上窗帘，屋子里很安静却漆黑一片。

比赛开始前老板发来消息，问他：紧张吗？

方谨笑笑：稳操胜券。

话是这么说，但游戏一开始方谨就举步维艰。

对方很强，而且显然没有要让着他的打算。

但很快，方谨就翻了盘，逐渐开始占据上风，因为对方的技巧他实在太熟悉，甚至连下一步那人会躲到哪里他都猜得到。

方谨没空去想这算不算作弊，他所有的注意力都放在了游戏里，百分百集中。

这一场打了很久，久到两人艰难对峙不分上下，谁也无法靠近最终的目标地点。

方谨明白，他们现在属于互相抗衡的状态，彼此都太熟悉对方的套路，一定要想别的办法出奇才能制胜。

他是想赢的。

就在这时，对方先有了动作，方谨来不及思考，下意识地躲闪，然后开始往反方向跑去。

所有观众都很疑惑，不知道他这是要干吗。

方谨当然有自己的想法，他在过来的途中早就做了准备，只不过没想到真的能用上。

这是一步险棋。

事实上，在过来的一路上，两人的装备都已经消耗得差不多，所以才会在最后关头对峙那么久，但方谨在来的路上藏了装备，此时回去捡起来，可以轻松对抗几乎两手空空的对方。

但如果对方知道了他的这步动作，先他一步拿走了装备，那他必输无疑。

方谨在赌，这一次就是赌他们俩谁跑得快。

很显然，先走一步的方谨有着绝对的优势，尽管对方跑得也很快，但还是差了一步。

就这么一步，方谨赢了。

当他的电脑屏幕出现“WIN”三个字母的时候，他自己都觉得不可思议。

方谨愣在那里，画面中自动播放着颁奖仪式，他只是静静地看着。

手机响了，来电人是网吧老板。

“怎么样？”对方语气平静，“想好要我做什么了吗？”

“早就想好了，大神。”

方谨早就知道了网吧老板的身份。

网上知名的游戏大神，小叮当先认出来了，方谨却后知后觉，在比赛前不久才发现。

“虽然早就想好了，”方谨说，“不过在那之前，我有个问题想问你。”

“你说。”

方谨靠在椅背上，沉默了几秒钟才问：“你当初为什么要选我当你徒弟啊？”

老板轻声笑了笑：“就觉得应该是你。”

老板关掉了电脑，走到窗边，看着外面摇曳的树枝，对方谨说：“说得俗套一点儿，就是在你身上看到了我以前的影子。”

“啊？”

“屡战屡败，但屡败还要屡战。”老板自嘲似的笑了笑说，“明白了？”

方谨也笑了：“搞了半天，你是觉得咱俩笨到一块儿去了。”

“差不多吧。”老板说，“除此之外，还有一个原因。”

方谨突然紧张起来，手心都出了汗。

“还有什么？”

老板沉默了好久，扭头看见了前几天方谨来时挂在他书房衣架上的外套。当时方谨非说自己看上了他的一件外套，要用这个和他换。

“你不是总说自己聪明吗？”老板看着那件外套，声音里带着笑意说，“既然聪明，那你就自己慢慢领悟吧。”

“……哪有你这样的！”方谨正抱怨着，突然扫到老板给他的鼠标垫，走过去翻过来，背面写着一句话。

这句话他其实早就看到了。

Lass mich die ganze Zeit bei dir sein.

翻译过来就是：让我一直陪着你。

方谨把手心贴上去，覆住那句话，轻声咳嗽了一下。

“现在可以说了，想让我做什么？”老板的声音从听筒传来。

“还用问吗！”方谨说，“本师父命令你，现在就去登录你的游戏账号，公开承认咱们俩的关系，之前说好了的，想反悔可是来不及了！”

“没问题。”老板笑着说，“谁反悔谁就是小狗。”

说完，老板十分果断地挂断了电话。

几分钟后，方谨那个只有十个粉丝其中四个还是僵尸号的微博收到一条消息提醒，同时粉丝暴增。

知名游戏大神几分钟前发布了一条微博：@方谨超神 Lass mich die ganze Zeit bei dir sein.

配图是方谨打游戏的背影。

方谨美滋滋地点开微博，觉得自己整个人都快烧起来了。

他强忍着笑，回复了一条：勉为其难，答应你。

End

脾气不好
反差萌医生
成熟稳重
酷警察

小号太多怎么办？

▶▶ 两人明明认识没多久，

却像是做了很久的朋友。

小号太多怎么办

text 徐三岁

自学成才的“社恐”修仙党，修炼目标是实现有人观察时就地缩成一盆绿萝，该目标至今未能实现。

01

沈至坐在床边打了一晚上游戏。

他本来打算打完两局升一个段位就去睡觉，没想到两局之后又两局，队友不给力，导致他的分掉得跟他头发似的。

沈至因此没睡成。

明明是简单且愉快的 5V5 推塔游戏，但由于沈至一晚上都没遇到靠谱的队友，所以他一直在成全对手们的游戏体验。最后匹配到的队友更过分，有一组借着游戏打情骂俏的情侣，沈至死活带不动，恨不得再开一个分身。

情侣中的姑娘是全队最坑的，玩一个短腿小“萝莉”的角色，满地图乱跑，没头苍蝇的样子让沈至觉得在游戏里面用不了 GPS 导航真是可惜坏了。

这丫头丝毫没察觉到沈至积累了一晚上即将穿透屏幕的恶意，一边迷路一边抽出手在聊天频道打字：“哥哥别怕，我来保护你！”

沈至看了一眼她和她对象的送人头操作，太阳穴都开始疼了。

对面也知道挑软柿子捏，堵了小萝莉的去路，这次她没手打字了，整个频道里都回荡着她的嗲声嗲气："哥哥救命啊！"

他平时最见不得这种，沈至扫了一眼距离，默默操纵着人物走远了一点。

他只恨不能给对面递刀。

队友们匆匆赶过去，只来得及见证那姑娘最后一点血条瞬间消失。

沈至开麦嘲讽："下把你别选这角色了，反正选什么角色你都只有一个技能——血条消失术。你刚才站着不动干吗呢？给对面玩家足底按摩呢？"

姑娘躺地不起，频道里开始立体环绕着"嘤嘤嘤"，让沈至起了一身鸡皮疙瘩。

她的倒霉蛋对象听不下去开始护犊子："别这么说她，操作失误而已，太冷酷了吧你？"

"打不好就别打了。"沈至出主意道，"还不如往手机屏幕上撒把米，鸡都比你打得好。"

"你骂人家？"妹子的声音带着三分震惊、两分委屈还有五分捏出来的做作，相当百转千回。

妹子的对象打字骂人。

不知道这人骂了什么，但满屏星号准不是什么好话。

沈至煽风点火道："我又没点名，你这么对号入座不是对谁打得不好挺清楚的吗？"

这句说完跟捅了马蜂窝一样，同队的五个人分成了三拨，两拨忙着语音掐架，还有一个夹在中间打圆场："别吵了，好好打游戏。"

圆场没打完，水晶先爆了。

灰色的失败铺了沈至半个屏幕，他都没看战绩，反手给了小情侣两人一人一个举报。

沈至按在拉黑键上的手指犹豫了一下，今天游戏体验极差，都是因为那个全程只会“嘤嘤嘤”的菜鸡妹子，于是他点了添加好友——仅仅是拉黑她已经不能表达沈至满心的怨怼了。

他想骂人。

沈至找了一个“脏话快速生成器”。

02

谢兰因关了变声软件，揉了揉眼，瘫回到椅子上。

他的手机烫得像铁板烧。

装成妹子“哥哥长哥哥短”了一晚上，谢兰因觉得自己再不停下来会成为一个变态。为了 KPI，他牺牲良多。

谢兰因是一名年轻民警，入职不久，急需解决案件来证明自己。他的网恋对象是一个网上逃犯，所处的地理位置跟谢兰因隔了半个中国，这人倒也没有犯杀人那样的重罪，就是年轻气盛的时候跟人打群架，手重了些，打伤了人还要逃跑。谢兰因拐弯查到了这人的 QQ，不想放过这个“长脚的三等功”，想了个十分缺德的主意，要通过和这个人网恋把他钓到自己这边来。

只要他坚持网恋，每天陪网恋对象打游戏，早晚有一天这个网友会千里奔现，把自己快递到他家门口，成就他的升职加薪和年终奖。

“年终奖”同志还在坚持不懈地给他发 QQ 消息预约下次的游戏时间，谢兰因懒得仔细看，并敷衍地发了一个可爱的猫猫头。

没关的游戏界面里弹出了一个好友申请，是最后一局的队友。谢兰因不知道应不应该加——他严重怀疑这人加他就是为了骂他。

为了激起网逃嫌疑人的保护欲，谢兰因装成在游戏地图里都能迷路的样子闭眼乱打了一晚上，坑了不少队友，要是其中有那么一两个想要寻仇，也是情理之中的事情。

对方丢过来一个 QQ 号。

QQ 昵称只有一个字“沉”，头像是一片黑，看起来不怎么积极开朗。

谢兰因出于职业习惯，先翻了对方的资料和空间，没看出来什么有用的。

沉：你好。

谢兰因没回复，先腾出手发了一条说说：今天跟老公一起打游戏，他好厉害哦，可惜队友太坑。明天上课要默写单词，还没有背会，嘤嘤嘤。

学渣叛逆未成年少女的人设立得稳稳的。

沉：……

一只果果：怎么啦？小哥哥？

沉：没事。

谢兰因有点意外对方没有直接骂人。

现在是早上 5 点多，天还没亮，派出所的大厨老方路过值班室的时候跟谢兰因打了声招呼，然后径直去了厨房。再过两个钟头，谢兰因的同事们会踩着点来单位吃早饭，然后开启被报警电话支配、鸡飞狗跳的一天。

谢兰因在积分小黑板面前站了一会儿，安慰自己：为了积分用变声器算什么？让他女装都可以。

他把声卡拆下来藏进抽屉里，又捞起手机看了一眼。

沉：好好学习吧，求求了。

可以说是非常不想在这个游戏里看见他了。

一只果果：对不住啊，小哥哥。

一只果果：要不今天晚上我带你上分？

沉：……

沉：不必了。

谢兰因被对面的欲言又止激起了莫名其妙的胜负欲。

一只果果：不必跟我客气。

一只果果：我很强，真的。

03

沈至对着面前粉粉嫩嫩的聊天框发呆。

本来他已经在心里酝酿了一整篇长发言，但是在发现对方还是个中二病少女的时候，他心里的那口劲儿忽然就提不上去了，一切都变得索然无味——他跟一个半大孩子能计较什么呢？

沈至关了聊天框。

跟小朋友没什么好说的。

他给自己冲了一杯咖啡，捏着鼻子潦草灌了下去，然后出门上班。

到单位的时间不算晚，正赶上跟同事交接班。满眼红血丝的同事拍了拍他的肩膀说："昨天半夜收了两个车祸急救，手术做到 3 点半。祝你今天不忙。"

半夜上手术台可能是每个急诊科医生的宿命，隔三岔五总要来那么一回。

"承您吉言，快回去睡一会儿吧。"沈至把上下眼皮打架的同事送出办公室，回身不小心撞到了一个杵在门口的男人。

他有一瞬间怀疑自己撞到的其实是一面墙。

对方长得挺帅，可惜是那种看起来不像好人的帅法——寸头，一米八出头的身高，眉眼锐利，以至于看起来有些凶。

"对不起对不起。"沈至往后退了半步，发现对方的皮鞋上落了半个脚印。

"没事。"此人嗓音也极冷，有股黑社会大哥的气质。

沈至接过对方手里挂的号，纸缘有一道暗红色的污渍，像是谁的血擦上去的。

“姓名？”沈至点开电脑系统。

“谢兰因。”

“你哪里不舒服？”

谢兰因愣了一下，才回道：“不是我要看病。”

谢兰因往身后看了一眼，沈至顺着他的目光才看见两个真正的伤员。很狼狈的两个人，一身尘土，都挂了彩，其中一个头破了，血从额头淌到了下巴，他们看起来像两只瑟瑟发抖的鹌鹑。

这个男人打的？这也太嚣张了吧？

“愣着干吗？”谢兰因用眼神催促伤员走近点，这两个伤员又抖了抖。

沈至非常想报警。

两个伤员乖乖坐成一排，清创间隙还要看谢兰因的脸色。

太可怜了。

“需要开一针破伤风，去门诊楼一楼划价取药。”沈至递了一张单子给谢兰因。

其实急诊楼里可以取药，但沈至试图把人支远一点，方便他询问这两个伤员的情况。

谢兰因还没说话，椅子上的一个伤员“噌”一下站了起来，抢先接过单子点头哈腰道：“您歇着您歇着，我去就行。”

“不行。”谢兰因回绝得极快，“你们跟我一起，不可以离开我的视线。”

绝对有事。沈至愈发怀疑这人有问题——都不肯让两个受害人离开他的视线。

谢兰因带着俩人一起出了诊室。

沈至悄悄报了警。

几分钟之后谢兰因带着两个伤员回来，手里捏着一个小药盒。

他抱臂看着沈至给人打针。

沈至汗毛都竖了起来。

谢兰因突然道："这边可以做伤情鉴定吗？"

"嗯……嗯？"沈至还在想警察什么时候能到，一时没反应过来谢兰因说了什么。

谢兰因掏出警官证放在桌子上："我是镜明路派出所的民警。"

谢兰因隔着桌子跟沈至对视，此时沈至的眼神十分空白。

能不能做伤情鉴定是什么很难回答的问题吗？

谢兰因挤出来一丝所剩不多的耐心解释道："我们办理案件需要知道这两个人的伤害等级，轻伤还是轻微伤将决定我们怎样采取强制措施。"

沈至回了神："可以。"

"这两个人是……"沈至感觉自己舌头有点木。

"哦，寻衅滋事的嫌疑人。"

谢兰因在夜班结束前十分钟接到了 110 指挥中心的通知说文科路有人打架需要出警，就差那么一点他就平安下班了。谢兰因一时半会儿抓不到搭档一起出警，只能单枪匹马去了现场，到地方时发现俩人已经打得头破血流，他不得不顶着早高峰的车流开车带他们先找个医院给包扎一下。因此谢兰因此时的气压很低。

沈至想死。他刚才是不是打电话报警了？一定是熬夜降低了他的智商。

沈至光速给谢兰因写了材料，这两个嫌疑人都是皮外伤，看着出血，其实不重。

还没打发谢兰因走出诊室，诊室里突然挤进来三个警察。

两个伤员对这阵仗不明所以，吓得缩去了墙角，惊诧道："就打个架至于来这么多警察吗？"

谢兰因和同事们交换了一个眼神，双方都只从对方眼睛里读出了问号。

唯一知情人沈至，他已经社会性死亡了。

谢兰因问："你们来干吗的？"

"有群众提供线索说医院急诊科有黑社会。小谢，你几点来的？有观察到什么情况吗？"

"没有。我今天来的时候还没有其他病人。"谢兰因把困惑的目光转向沈至。

办公室安静了三十秒，落针可闻。

谢兰因问："沈医生，我看起来很像黑社会吗？"

沈至贴在墙边，一脸尴尬："误会，都是误会。"

谢兰因的同事也反应过来是怎么回事了，笑得像群傻子。

估计不到傍晚全公安局都会知道这桩乌龙。

同事好心替谢兰因带走了嫌疑人，谢兰因得以原地下班。

"不打不相识，加个好友吧。"

"哦哦。"沈至赶忙掏出手机，调出微信二维码来。

谢兰因扫完沈至微信，怔了一下。

对方昵称也叫"沉"，黑色头像。

这可真是太巧了。

沈至的朋友圈显示了最近三天的动态，最新的一条是在呼吁自己做教师的老同学们给自己的学生多布置一点作业，一副处心积虑阻止祖国花朵沉迷游戏的样子，一看就被坑得很惨。

04

沈至下班回家在床上瘫了一会儿才有力气点开手机。

QQ上一只果果刷了一排消息：打游戏吗？

呵，精力旺盛的年轻人。

沈至撑着眼皮回了一个字，手扣在键盘上睡着了。

谢兰因看着自己手机界面上的那条回复。

沉：打。

然后这人忽然就不见了，没有登游戏，发消息也不回，放了他一夜鸽子。

今天这一天都是报应吧？

05

沈至和谢兰因都忙到脚打后脑勺，再一次在游戏里遇见已经是一周后了。

俩人刚好匹配成对家。

沈至看见对面的 ID 就乐了，这不是老天开眼吗？他离回到原来的段位只差一局。

只要一只果果稳定发挥，“她”的所有队友都会被拖住。

沈至一开局开心地冲着皮肤花里胡哨的一只果果就去了，在地图里她像烟花一样显眼。

俩人狭路相逢，沈至放了一圈技能，没了。

[全部]沉：?

[全部]一只果果：一起排位吗？我很强的。

[全部]沉：?

[全部]沉：你骗我？你上周怎么会打成那个鬼样子？

[全部]沉：作业写完了吗？就跑出来打游戏？

[全部]一只果果：打游戏这么开心的时候你跟我提作业？

沈至这一局毫无游戏体验可言，一只果果仿佛解开了什么封印，跟上周在游戏地图里都能迷路的样子判若两人。

沈至熬到游戏结束，光速退了游戏。

一只果果从 QQ 戳了戳沈至：不玩了？

沈：大好的星期天，游戏不值得。

他不能接受自己被一个恋爱脑学渣少女按在地板上“摩擦”的事实。

谢兰因还没想好回什么，沈至先分享了一排公众号文章——《决战高三一百天，你需要这些知识点》《游戏是如何毁掉我们的年轻人的》《一位母亲向记者哭诉，原因竟是为了这个》。

一只果果：……

一只果果：很久没人这么劝我好好学习了。

沈：不客气，应该的。

一只果果：你说话很像我妈妈，感动。

沈至把她删除了。

06

谢兰因捧着手机笑了半天。

沈医生看起来温和又精英的样子，没想到私底下这么幼稚，甚至有些可爱。

他甚至怀疑如果沈至知道他的地址，肯定会给他寄一大摞“五年高考三年模拟”。

谢兰因消息发不过去，只好开着游戏蹲沈至上线。

沈至很快就回了游戏——时间掐得很好，正常情况下谢兰因这会儿应该正处于刚开局打到一半的状态，他可以和谢兰因完美避开。

可惜谢兰因在等他。

一只果果：为什么生气了？把我放出黑名单好不好？

沈：？？？

一只果果：不要生气了嘛。

沈至起了一身鸡皮疙瘩，甚至恍恍惚惚地上了贼船，接受了一只果果的游戏邀请。

07

十分钟之后，沈至开始后悔了。

游戏画面似曾相识，历史仿佛是一个循环，黏在一起的情侣、不好好打游戏的队友都和一周前一模一样。

他就不该信她的话。

一只果果又被对面围了个实心，语音呼唤自己的男朋友前来救援。那个小伙子还见缝插针地讲土味情话："让你知道谁才是你的宝贝儿。还想跟别人打游戏，哼。要不是我临时上线，你是不是就跟别的男人一起玩了？"

你是不是还以为自己挺幽默？你的小宝贝认真起来一拳能锤死三个你，你知道吗？

沈至不明白自己为什么会卷入这种"我应该在车底不应该在车里"的奇异剧情，他也不明白为什么一只果果一旦跟她的小对象在一起就瞬间从战神变成战五渣。

他最不能理解的不是这些，而是他想破头都想不出一只果果专门蹲他上线是图什么？

沈至甚至放弃了在这个游戏里找正常的游戏体验，对他来说游戏的胜负已经不重要了。他莫名地在其他的地方产生了奇怪而扭曲的胜负欲——凭什么情侣可以快乐地秀恩爱，而他却不能享受游戏的胜利？干脆大家都不要快乐了！

"跟着我。"沈至用哄小孩打针的语气温柔道，"你男朋友操作不行，根本保护不了你。"

咋咋呼呼的小萝莉顿时仿佛被按了消音键。

谢兰因放下手机揉了揉耳朵，冷静了半分钟。

他本意是想今天带沈至把掉下去的分上回来的，网恋对象的突然出现并不在他计划之中，但人来都来了他还是得捧着，游戏水平也不能暴露，不然前面钓鱼花的工夫就白瞎了。在沈至视角里自己大概是个感情骗子、游戏体验毁灭者、无耻的恋爱脑和幼稚的小学生。

谢兰因那网恋对象跟被点了的炮仗一样，骂了一排消音词儿。

沈至没参与互骂，语气十分温柔地跟谢兰因说："怎么站着不动了，网不好吗？给你发个红包修修网络好吗？宝贝儿？"

这跟一周之前骂他"站着不动给对面足底按摩"的样子判若两人，虽然仔细听还是有些阴阳怪气。

谢兰因一时不知道应该说什么。

"一会儿想吃什么？给你叫个外卖吧。"

谢兰因眼仿佛看见自己苦苦追求的 KPI 越来越远，网逃同志已经连上他一起骂了。

谢兰因把嗓音捏低了点，检查了一下自己的声卡有没有插好，企图再抢救一下自己的业绩："别吵了，你们都是果果的好哥哥，不要因为果果吵架好吗？"

"你到底有多少好哥哥？果然你们就有事！还骗我学习太忙？我看你就是移情别恋……"

沈至煽完风点完火给自己倒了杯茶，放了一把枸杞，靠在沙发上听那对塑料情侣吵架。

水晶被打爆的时候还听见有个一直没吱声的队友感慨："可惜了。"

估计是在为吃瓜时间太短而惋惜。

出了游戏沈至光速删了一只果果，拆情侣这种事就得手快，这样才能拆了还不负责，绝不引火烧身。

QQ 不停弹一只果果的好友申请，留言写的一次比一次可怜，但沈至不为所动，把人拉进了黑名单。

08

谢兰因捧着手机，一脸蒙。

他几分钟之前还在被两个男人争抢，而游戏一结束就收获了双份拉黑。

他犹如一个渣男被正宫和小三同时抛弃了，还得两头解释“我跟他都是演戏，跟你才是真的”。

娇娇小公主的人设都没立几天，转眼就成了翻车的绿茶，补丁都没地方打。

过了俩钟头网恋对象才恩赐一般地通过了谢兰因的聊天申请。

谢兰因紧急上网补习了一下“海王”翻车话术，捏着鼻子一句一句往聊天框复制粘贴。

越贴越觉得自己果然是离变态不远了。

09

沈至一直不加谢兰因好友。

谢兰因一直纠结着要不要在微信上跟沈至解释一下来龙去脉，却又怕连着微信一起被拉黑。

接连几天他工作的时候都不是很在状态，终于在给一个扒手进行搜身检查的时候被对方裤脚里裹着的注射器针头扎伤了手。

这小蟊贼也是个熟面孔，是个在派出所几进几出的人物，撸起袖子胳膊上全是针眼的那种货色。

谢兰因搓了搓手指头上的血珠，心道不妙。

基层一线长期人手不足，谢兰因甚至一时找不到人接替自己。他撑着走完流程把人送去看守所关起来，才腾出手去了医院。

不幸正赶上医院周末高峰，谢兰因排了半个小时的队才进了诊室。

沈至摊了一桌子影像片，他正低头收拾这堆材料，抬头看了一眼，手上动作没停。

“谢警官？怎么了？”

“手被针头扎了一下。”

谢兰因手上的伤口已经基本看不出来了，只有一个褐色的小点，沈至要接谢兰因的手仔细看，谢兰因却迅速抽回了手：“把你手套带好。”

沈至还以为是谢兰因有洁癖。

他戴好手套，看看伤口又看看谢兰因，不太明白他这是什么意思，调侃道：“您这就医不太及时啊，再晚来一会儿，伤口都要好了。”

谢兰因被沈至轻松的语气逗乐了，笑了一会儿，才问：“你们医院能开阻断药吗？上午抓的嫌疑人可能有艾滋病。”

沈至后面的调侃卡在了喉咙里。

“那什么……”沈至近乎手足无措地从椅子上站了起来，似乎想拍拍谢兰因肩膀，又顾忌手上戴的手套刚才好像碰到了伤口，手在谢兰因肩膀上空虚划了一圈，又落回原地。

“不要慌张，我给你开处方，你得抓紧时间跑几个专门药房。其实以现在的技术，阻断成功率挺高的，能有 95% 以上……

“给你开一张住院的单子吧，趁机休息两天。”沈至摘了手套，扔进医疗废物垃圾箱里，“阻断药副作用挺大的，会有点难受，但是一定不能私自停药，得吃够二十八天……”

谢兰因把手揣回裤子口袋里：“我知道了。”

谢兰因拿住院条跟领导请了假。

假期难得，谢兰因闷头睡到下午 6 点，天都擦黑了才醒，手机里攒了好几条来自沈至的微信，提醒他按时吃药，有副作用及时沟通。

用微信的沈至和用 QQ 的沈至可能是两个人格，这人是怎么做到线上线下无缝切换的？

谢兰因怕家里担心，没跟父母谈这次意外，医疗费用由单位报销，他只用负责按时吃药就行。

但是这一项任务也并不是那么容易完成的，药品的副作用很猛，他渐渐有了头晕恶心的症状，有几次差点睡过服药时间，还是沈至打电话过来才把他叫醒。

阻断药必须保证血液里的药品浓度，漏服容易造成阻断失败。

谢兰因两个星期瘦了一圈。

附近外卖已经吃了一圈，难吃到恨不得叫工商局过来执法的程度。

还好有沈至，周末沈医生抽空关爱病号，拎着一大袋蔬菜和两包火锅底料上门献爱心。

沈至拎一把陶瓷刀站厨房片肉，谢兰因在厨房外面收拾餐桌。

两个人明明认识没多久，却像是做了很久的朋友。

10

友谊在饭后消遣时间戛然而止。

两人掏出手机准备一起打一把游戏，沈至却怎么都点不开谢兰因的游戏邀请链接。

上网搜了半天，发现可能是因为他把谢兰因拉黑了。

而他从头到尾只拉黑过一个人。

沈至瞳孔震动。

谁能想到冷酷黑社会大哥一样的人私底下竟然喜欢装未成年少女跟人网恋呢？而且还会假装柔弱绿茶，装游戏小白。

很难想象谢兰因用一脸要杀人的表情喊哥哥是什么样子。

“现在这个年代吧，喜欢扮女生这也都是个人选择，我不会告诉别人的。”沈至迟疑地安慰谢兰因，“但是吧，不是我说坏话啊，你那个对象素质也太低了，动不动就骂人。”

谢兰因立刻否认三连："我不是，我没有，别瞎说。"

沈至一脸我懂我懂的表情溜去厨房刷碗了。

不是？你懂什么了？

"我没跟他网恋。"谢兰因追到厨房。

"可以了，再往下说就很像渣男了。"

谢兰因委屈。

没错，他的确不是什么好人，但跟沈至想象的完全是两种渣法。

"这人年初犯了故意伤害罪，现在被他打了的那个小孩还在医院躺着呢。"

沈至瞬间倒戈："那必须得抓起来。"

两个人窝在沙发上研究抓捕方案，有点"狼狈为奸"的意思。

"我怂恿他奔现怂恿了好几回。"谢兰因翻聊天记录，"但是他还是有点戒心。"

沈至看完记录："我觉得不是。"

"嗯？"

"他就是舍不得车票钱。抠门救了他一命。"

沈至是个行动派，他拿过谢兰因的手机，顺手就给那人发了个两百块的红包，还拽过谢兰因的手指用了指纹支付。

一只果果：哥哥想不想来A市看看我？车票我都攒够了。

一只果果：本来我是想去你那边的，可是学生党每天要回家就很烦。

一只果果：红包够吗？不够还有。

一只果果：你为什么不理我？

仿佛有人按了沈至身上的戏精开关。

出乎谢兰因的预料，鱼不假思索地上钩了。

"你就不怕他领完红包人就跑了吗？"

"不要把人想得太坏，"沈至笑眯眯道，"你想，一个又单纯又中二还有钱的小姑娘，谁会满足于一个两百块的红包呢。怎么也得试试看能不能骗到点其他的什么东西。”

要是早点想明白这点，谢兰因就不用带着声卡被迫营业了好几个月。

11

谢兰因发现沈至在某些方面天赋出众，这几天沈至一下班便将他邀请到家中，为的是能尽快抓到这名“男朋友”。

嫌疑人坐了一天一夜的大巴奔赴一场“义无反顾”的爱情。

还给谢兰因发了小旅馆的定位，明里暗里求报销。

谢兰因收到消息后从沙发上弹了起来，摸摸警官证在口袋里就打算往外走，到门口被沈至拽住加了一件外套。

“我能跟着看热闹吗？”

“可以啊。”谢兰因乖乖把外套拉好，“看见要打架或者起冲突就躲远一点，你的手要给人做手术的，比较金贵。”

沈至第一次掺和这样的事，坐在出租车上有些兴奋。

沈至问谢兰因：“你第一次去抓人是什么样的？”

谢兰因想了一会儿：“好像是在一个家属楼底下布控，大冬天，坐在车里，不能开暖气，冻得人瑟瑟发抖，后半夜我睡过去了，一直到我师父按着嫌疑人怼到我座位旁边我才醒，回去写了好几天检讨。

“后来我再出这种任务就记得带咖啡了，还会买那种含咖啡因的口香糖，比刚毕业靠谱一点点。”

等谢兰因带着小尾巴沈至赶到现场的时候，旅馆大堂居然已经来了好几个警察。谢兰因有了不好的预感，正要靠近就被前台客服抬手拦住了：“客人您好，那边是警方正在办案，最好不要靠近。”

谢兰因掏出自己的警官证给那姑娘看了一眼。

“预定了 319 房间的客人到了吗？”

“您也找他的？他办入住的时候用的身份证有问题。咱们店虽然不大，但是实名检查还是挺严格的，他的身份一下子就触发了警报系统，这不是大禹路派出所的民警已经来了吗？”客服一脸求表扬的表情。

谢兰因已经蒙了。

“他怎么会那么傻？”谢兰因不敢相信自己煮熟的鸭子居然飞到了别的派出所的锅里，“他不知道自己是网上逃犯吗？还敢实名登记？”

“不傻也不能让你约到这儿来。”

跟谢兰因熟识的民警过来了一个，他一直跟谢兰因寒暄，虽然称呼很亲密，但是一提到嫌疑人的归属就含糊其词、油盐不进，谢兰因势单力孤，竞争不过。

送上门的积分，就这样让他飞了。

谢兰因眼巴巴地看着人被带走。

沈至撞了撞谢兰因的肩膀：“你说这小伙子知道跟自己网恋的对象是个男的吗？”

12

谢兰因想让沈至把游戏里被拉黑的自己再加回来，被沈至严词拒绝了。

“我发现，自从你消失在我的游戏世界之后，我最近的游戏体验变得特别好。”

谢兰因欲言又止。

“而且我有靠谱的游戏队友了！”

谢兰因把手机往口袋深处掖了掖。

“一个人就能锤对面一群的那种！”

谢兰因默默回厨房做饭。

小号太多怎么办？今天也是没想好怎么坦白的一天呢。

End

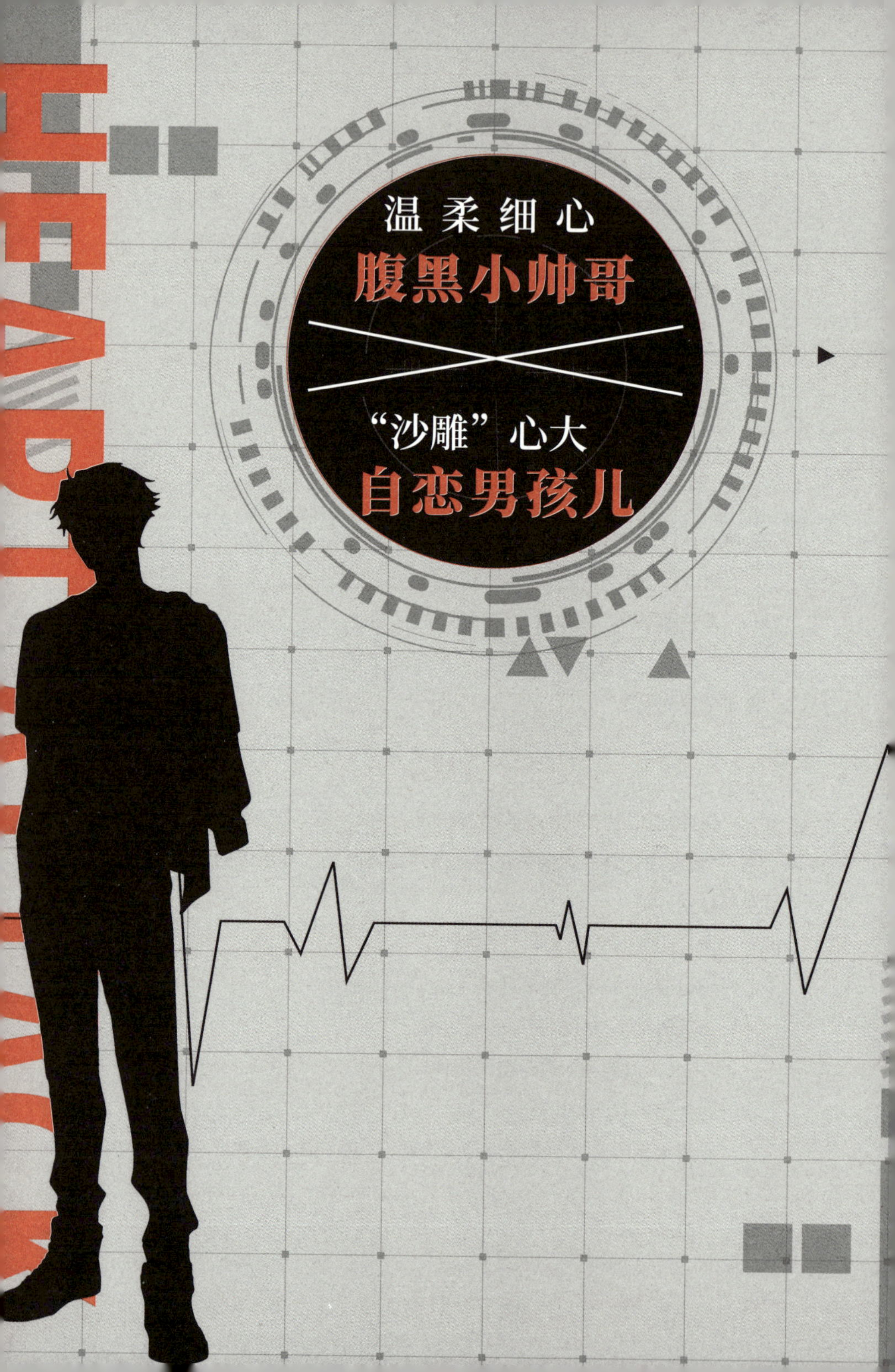
温柔细心
腹黑小帅哥
“沙雕”心大
自恋男孩儿

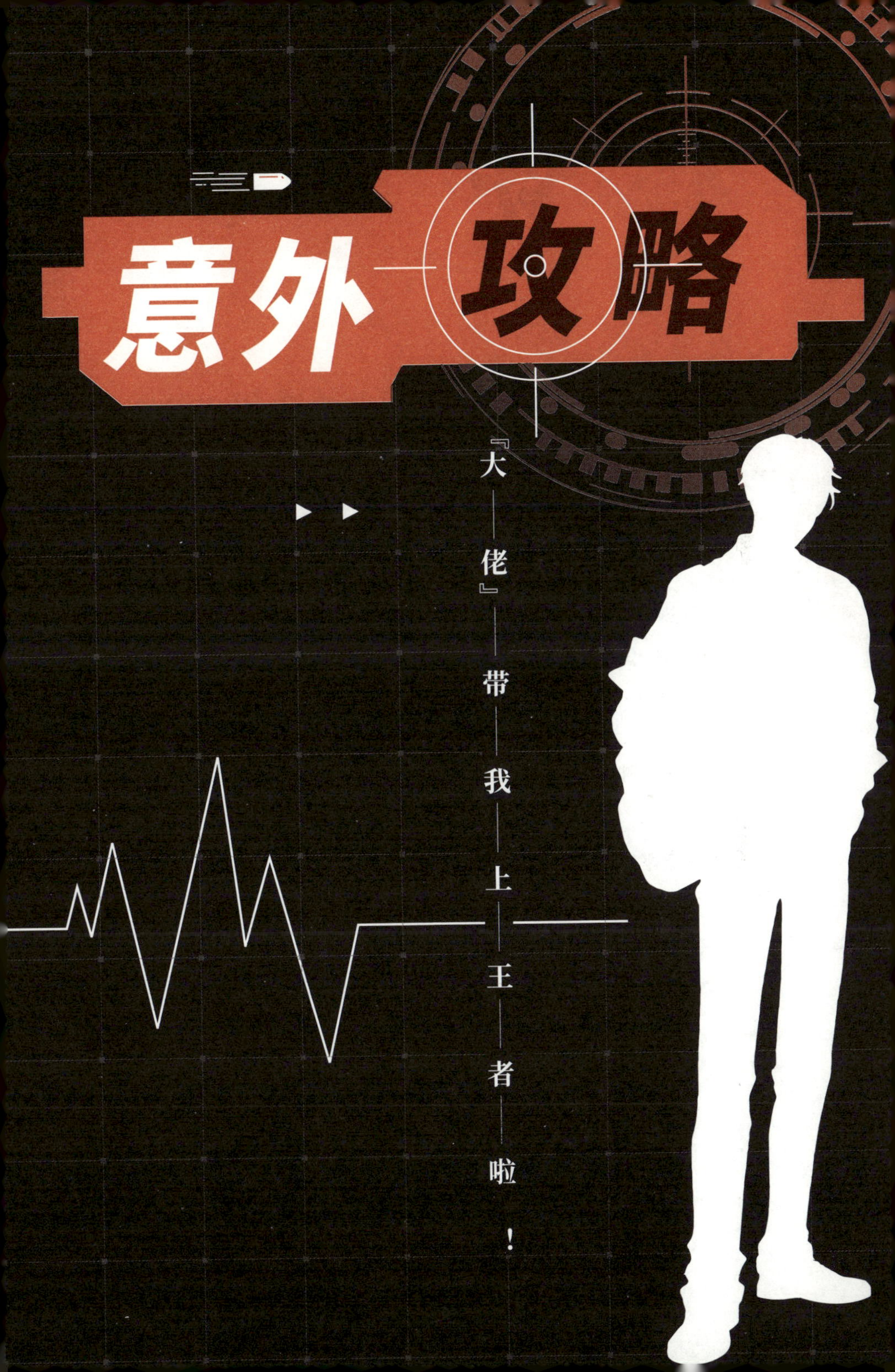
意外攻略
『大佬』带我上王者啦！

意外攻略

狗血甜文懒废小仙女，荣耀50星写手！

text

柚子多肉

柚子热帖：排位连续三次匹配到同一个傻子……

发帖人：国服第一帅

发帖时间：XX20 年 10 月 10 日

国服第一帅 XX20-10-10 10:00

不吐不快，写完这个帖子我就要去打客服电话了。

昨天我难得休息，约了女神，没想到被放鸽子了。我懒得出门了，就打算在家打一天排位赛，毕竟赛季末了，冲一冲段位也是好的。

结果单排的第一局就遇到这个傻子了。

我擅长 ADC（物理攻击英雄），孙尚香、后羿和马可都能排进省前五十，最近在冲狄仁杰的荣耀战力。这货在五楼，上来就狂发“我打 ADC”的快捷信息，还说自己是“千场后羿”。

我看他那么想玩，就给他玩咯。于是，我让了位置。

这个决定，让我在接下来的二十分钟里，每一秒都在后悔。

我们队被打成“狗”了啊，气死我了。

不止如此，这人话还特别多，一直在叽叽歪歪。其他三个队友都在骂他，只有我没有。他还知道柿子捡软的捏，打到后半段，开始说我打得差，“甩锅”给我。

我忍无可忍，打字骂回去。我越骂他反而越起劲，后来干脆站在泉水里打字回骂我。我可真是长见识了。

输了之后，我们俩在战绩框那里继续对骂了三十多分钟。

心累。

回应　　推荐

楼主傻子：哈哈哈哈哈哈哈。

国服第一帅 回复 **楼主傻子**：？？？这 ID 厉害了。

春风吹又生：所以最后谁骂赢了？

国服第一帅 回复 **春风吹又生**：不分伯仲，不过我们两个人的风格相去甚远，没法比较。

233：好一场世纪对决，请问有没有截图？

国服第一帅 回复 **233**：没有，骂到一半手机没电了，唉。

233 回复 **国服第一帅**：可惜了。

玖玖：哈哈哈哈楼主继续，这个帖子我能笑一年！

国服第一帅　　XX20-10-10 11:00

那我就继续了。

那局骂到一半我手机没电了，我就先去充电了，然后吃了点东西睡了一会儿。等我起来的时候吓了一跳，发现天都黑了！

我是猪吗？我怎么那么能睡？！

然后我点了个外卖，一边等外卖一边玩手机的时候，竟然看到放我鸽子的女神发了一条朋友圈，说："谢谢'大腿'带我上王者！"

她还配了一张游戏截图，是她那个"大腿"五杀的截图。啧。

我当时心里真难受，女神放我鸽子，却和别的男人打排位去了。

一气之下，我又上了游戏。不就是王者吗？谁还不能上啊？结果我一匹配就匹配到了上次那个傻子。一开始我还没注意，直到他开始狂发"我打 ADC"的快捷信息，我才发现真的是他。我怎么那么倒霉，一天遇到他两次。

他拿了 ADC，又在那儿吹牛，说自己是"千场后羿"。

我真的心凉了一半，说："怎么又是你……"

他发了个问号过来。

可能是坑的人太多了，他不记得我了，但是我，死都不会忘记他。

隔了几秒钟，他大概想起来了，发了一串省略号过来。

我说："真慌。"

他回："我也是。"

你也是个鬼啊！

真的想跟游戏公司建议一下，以后自己举报过、骂过的人，永远不要再匹配到一起，永远不要！"佛哎我"！！！

回应　　推荐

233：哈哈哈哈，赶上直播啦！

戒男色：网络一线牵，相逢即是缘。

cnmua：哈哈哈哈"佛哎我"。

国服第一帅 回复 cnmua：这个单词怎么拼的？我忘了。

国服第一帅 XX20-10-10 12:00

Forever！

这一局依旧是惨败，队友心态都被他搞崩了，直接六分投降了。

那傻子还说我，说我垃圾！

我回了他“呵呵”。

输出才7%的人，怎么好意思说别人垃圾？

然后！高潮来了！天助我也！第三局还是匹配到了他，不过他是在我对面，哈哈哈哈！

他还是玩的后羿，我选了孙尚香。

两边选好英雄进入缓冲界面的时候，我看到他那个ID，感觉自己就像一只看到兔子的老虎。

嘻嘻，小乖乖，等着哥哥来“宠幸”你啊。

进入游戏之后他也愣了一下，发了个“叉”。

我回他“嗯哼”。

第一个红我让给打野发育了，去拿第二个红的时候……也是我大意了，被那傻子一个大鸟技能给抢了。

更可气的是，他抢了我的buff还卖乖，在全频道说：“小哥哥，拿你一个红你不介意吧？”

我无话可说。

当然，他也就嘚瑟了这一秒。

这之后我专注发育，过了十几分钟，我全场经济最高，满世界地追着他打。

他这局死了18次，有16次都是拜我所赐。

一开始他不停地骂我，后来就惨兮兮地求饶，说：“小哥哥，我刚被男朋友甩了，你可怜可怜我，别打我好吗？”

队友的眼睛马上就亮了，问：“妹子？！”

呵呵，以为我没看到吗？他明明是个男号！

他很不要脸地承认了："是呀，嘤嘤嘤，你们打人好疼呢。"

然后，刚刚问他是不是妹子的那个队友回他："打的就是你这个妖怪！最恨你这种坑货女玩家了！打死你！"

他：？？？

于是他被虐得更惨了。

我真的是笑得嘴角都要开裂了。

回应　　推荐

野区有蘑菇：好心疼，满屏都是哈哈哈哈。

国服安琪拉：女玩家怎么了？

空调外壳：莫名有点萌哈哈哈哈。

楼主傻子：所以他到底是男是女？

……

王者50星：楼主，三天过去了，请问有后续吗？

233：楼主楼主，呼唤楼主！

国服第一帅：不好意思这几天都有点忙，所以没有更帖子。统一回复一下，这个跟我匹配了三次的人是个妹子，她说这个号之前是她前男友玩的，所以是男号。

233：啥？你们加好友了？

一只精鱼：我怎么闻到了恋爱的酸臭味？

桂花糕：前面的别走，我也闻到了。

国服第一帅：嘿嘿。没有恋爱啦，才认识几天哦。不过我最近都在带她打排位，她天天跟在我后头叫我哥哥，各种撒娇卖萌，我真的……好喜欢她呀。而且妹子在D市，离我这里非常近，开车过去一个半小时就可以到。

楼主傻子：楼主，你忘了初次见面的时候，你们对骂了三十多分钟吗？

ID 好难取：楼主不要尿！喜欢就追！

ooops：楼主，我就问你，你有没有送她皮肤？

国服第一帅 回复 **ooops**：送了啊，怎么了？

ooops 回复 **国服第一帅**：果然！楼主我提醒你一句，这种情况下，对方不是为了上分，就是装妹子想骗皮肤的男生，楼主小心。

我想吃肉：这么可爱……肯定是男孩子啊。

233：楼主珍重！

国服第一帅：？？？

国服第一帅 XX20-10-15 14:00

本来想重新开一个帖子的，但是看这个帖子一直挂在热帖上，所以流量应该会很大，借此机会问一下……女朋友不愿意线下见面怎么办？而且她还给我发一般女孩子根本不感兴趣的小视频，可怕……

回应 推荐

喵喵喵：噗哈哈哈哈大家快来啊，楼主“诈尸”了。

233：你怕是真的遇到了一个男孩子。

刘丽丽：楼主你见过她的照片吗？有语音、视频过吗？

国服第一帅 回复 **刘丽丽**：都没有……

下海小姐姐：楼主，你这恋爱谈的，还不如单身。

超级可爱啦：楼主别被楼上评论吓到了，女孩子不愿意线下见面可能只是觉得时候不到，至于发小视频，她可能不是个一般的女孩子。

国服第一帅 回复 **超级可爱啦**：你这么说我就放心了。

我喜欢楼主：楼主，如果对方真的是男生，你要怎么办？

233 回复 **我喜欢楼主**：哈哈哈哈能怎么办，皮肤都送了，情侣头像、ID 都换了！

刘丽丽：楼主，答应我要回来更帖，好吗？

国服第一帅 XX20-10-20 10:00

我回来了。

回应 推荐

马尔泰弱智：这短短一句话，我怎么看出了凄凉的感觉呢？

贫民窟富二代：我新来的，可以直接笑吗？

233：怎么样怎么样，楼主还好吗？

国服第一帅 XX20-10-20 10:10

我现在在酒店厕所，我“女朋友”就在外面等我。

这几天过得很离奇，我缓了好久。

就从上次我提出见面被拒绝开始说吧。

被你们安慰之后，我没有多难过，妹子嘛，害羞是应该的。

不过感觉女朋友很是过意不去，又是给我送衣服，又是给我买零食、鞋子、香水什么的。

那些东西都不便宜，而且他送我的鞋子和香水，非常符合我的口味，连我同事都说，一个女生能送出这么恰到好处的礼物，要不就是有人指点，要不就是个社交达人，才能这么了解男人。

我自然也要回礼的，送了一套“神仙水”回去，不过他收到礼物的时候，并没有像我收到礼物时那么开心。

这个星期五，也就是前两天，我出差路过D市，也没敢联系我“女朋友”，就找了个朋友吃了顿饭。

吃饭的时候有人给我朋友打了个电话，好像是约他去玩桌游，然后我朋友就带上了我。

回应 推荐

你眼里有猫屎：女朋友打双引号，哦豁，评论里真的有预言帝啊。

ooops：啊啊啊啊啊啊啊啊啊！！！

ID 好难取：要昏过去了。

国服第一帅 XX20-10-20 10:15

然后朋友就带我去了。

我们去的那个桌游吧很吵，光线还比较暗，我们到的时候，一堆人都抬头看我。其中一个男生，看得格外久。我和他对了一下视线，下意识地朝他笑了笑。

他愣了一下，然后也回了我一个微笑。

那个男生挺帅的，其实这一圈人都帅，但他尤其帅，连我这个“帅破苍穹”的人都有些无地自容了。

然后就是一起玩桌游嘛，因为没有女生在场，游戏惩罚的尺度很大。

我被抓了一回，出题的人居然让我走到桌游吧正中央的地方把上衣脱下来，还让那个最帅的男生监督我脱。

太变态了！

因为之前也有玩得尺度更大的，并没有任何一个人不遵守游戏规则，所以我乖乖跟着去了。

我以为是我过去脱，他在远处等着就好，毕竟在这么多人面前高调地脱衣服太尴尬了，结果他居然走到我身边。

我很不好意思地问：“你要在这儿监督？”

他很认真地答道："嗯。"

因为不熟，我也不好意思耍赖，又想着我一个男生扭扭捏捏的也没意思，就开始假装若无其事地脱衣服了。

而且我还做了一件非常愚蠢的事情……因为我感觉到一堆人都在用异样的眼光看着我，所以直接转过身和他面对面了，想让他帮我挡一挡，这样周围的人就只能看到我的背了。

他看我转过身来，笑着问："害羞了？"

我嘴硬道："我一个大男生害什么羞，就是不想本帅哥的完美腹肌就这么被一群人看光了！"

说完这句话我就后悔了！因为他低头看了看我，说："嗯，是挺完美的，我赚了。"

我"唰"地脸就红了。

脱完衣服之后他朝我伸手。

我："干吗？"

他："给我就好。"

我很吃惊："你要帮我拿衣服吗？"

他点点头道："嗯，我的任务是保证你5分钟内不把衣服穿回去。"

我只能非常别扭地把衣服给他了，他很自然地接过去，拿在手里……

衣服递给他的时候我还非常惊讶地发现，这个人居然害羞了，害羞的不应该是我吗？！

然后，他又低头看了我一眼："我们要不要保持这个状态5分钟之后再回去？毕竟你不想除了我之外的人欣赏你的腹肌。"

我："……"

回应　推荐

咸鱼是我：啊啊啊啊啊啊啊啊啊我是在追小说吗？

天天天天想你：这是什么诡异的兄弟情开端！

碧波碧波：追到现在越发觉得是写手帖了，作者大概还是某江写手。

叽叽叽叽叽叽：能不能先告诉我，楼主有没有觉得那个男生特别暖？

国服第一帅 XX20-10-20 10:20

我也希望我是写手，这样就不用面对这种尴尬的情况了。

回我们那桌的路上，我整个人都目光呆滞，刚刚发生的一切都太过诡异，我得缓缓。他看着我呆呆的样子笑了一下，很无奈地问我是不是第一次在公众场合脱衣服。

我马上说不是不是啊，但其实内心很慌。

我们回去之后还被其他人笑话了，说我脱衣服脱那么久，说我玩不起。

我没说话，倒是他，很腼腆地笑了一下。

第二天我还没回去，我朋友说他和兄弟今天搞了个烧烤派对，有可爱的女孩子会去，问我要不要去。

我说我是有女朋友的人，对别的女孩子不感兴趣。

话是这么说，但我还是跟他去了。

去了才发现，来派对的多半还是昨天去桌游吧的那拨人。

那个帅气小哥哥当然也在，他看到我还特意笑着打了招呼，说我今天穿的衣服很好看。

我真的是，尴尬得脸都要烧穿了，还傻乎乎地说了句："我今天不会脱的！"

他乐不可支："我只是单纯地夸你穿得好看。"

哦。我蠢了。

然后就开始烧烤、玩游戏，我不太会烧烤，也对桌游有心理阴影了，就躺在旁边玩手机。坐我旁边的人看到我进了游戏，说要和我一起玩，还让我直接在附近的人里面拉他。

我点进了附近的人的列表，一下子就看到了我女朋友的 ID。

我整个人差点从椅子上弹起来。

我故作镇定地问他："cxxxxxx，是你？"

他回答："对对对，快拉我。"

我整个人都要崩溃了，憋着最后一口气问："这是你的账号？"

他："不是啊。"

我松了一口气。

他又说："是 CX 的啊。"

我："谁？"

他伸手一指。

他指的方向，只有那个很帅的男生。

我："……"

我女朋友，真的是个男的！

……

我先不说了，他来敲门了，他说上厕所那么久不健康，我得先出去了。

回应　　推荐

wink：楼主女朋友不保！！！

萝莉驯养基地：此帖又名《我的女朋友是个男的？！》

家有仙猫：我的天，好萌啊……第一次看到这么萌的男孩子！我要为这位小哥哥打电话。

国服第一帅 XX20-10-20 10:30

我的妈呀……他说我看起来太紧张了，所以提议一起出来走走。

我们正在逛街，他说我在游戏里面给他送了那么多衣服，他也要送我衣服。

回应 推荐

熊小姐：我的天哪，太甜了，我的血糖狂飙。

夏天来了：我承认我嫉妒了。

国宝级吃货：玩游戏真的能找到朋友吗？为什么我玩了半年，只有吐槽天赋在不断被点亮？？？

国服第一帅 XX20-10-20 11:30

他给我买了一大堆衣服怎么办……车的后备厢都塞满了，我真的是不会拒绝人啊。

现在我们准备去吃饭，吃完饭我就要回家了，他好像不太开心了，说舍不得我，搞得我也有点不想走了。

妈妈，我可能要被一个大男生感动了……

继续说回之前派对的那一幕，我发现我的“女朋友”是个男生之后，我第一反应是很慌张啊。而且当时我顺着那人的手指看过去的时候，还和他对视了一眼。

他肯定知道男朋友是我，因为我把自拍发给他看过。

我觉得我也太倒霉了，真的，心酸得说不出话。

本来我是很愤怒的，觉得自己被耍了，但后来想想，人家对我一直很好。

何况，礼物也是他送的贵，平时又对我嘘寒问暖……果然这么好的女孩子是不存在的。

回应　　推荐

寻找男朋友进度（0/100）：楼主，这么好的朋友真的好难找的，你好好想想吧！

仙女本仙：我觉得这个男生有点腹黑啊……

高举瓶邪大旗：等一下，只有我一个人觉得，评论区里已经有男主角混进来了吗？

国服第一帅　　XX20-10-20 12:30

前面写了好多，吃饭的时候他凑过来问我在和谁聊天，吓得我强制退出了，刚写的内容都没了。

说回刚刚的话题，我们对视之后，过了一会儿他们烤好了肉，还开了啤酒。然后我也不知道自己咋想的，说光喝酒没有意思，要玩游戏。这个提议，真的是让我在接下来的几天里都无时无刻不想捶爆自己的“狗头”。那群人很开心地同意了，问我想玩什么。

我说要玩真心话大冒险。我朋友还笑话我，说昨晚刚玩过现在还玩，是不是还想脱衣服。

我：……

几轮游戏过去，我都是打酱油，没有找到机会。

中间他被抓到了，得在场上选一个人对视十秒钟。

你们不会还让他选我吧！我们俩之间还不够尴尬吗？！别选我啊！！

但是没有人听得到我的呐喊，他们不仅听不到，居然还怂恿他挑我，说我是新朋友，要熟悉熟悉。

什么？

为什么要这么对我？

他还很欣然地接受了这个提议，拎着啤酒过来了。

可能是我的脸色不太好看，我朋友劝我说：“都是男生，对视一会儿也没什么大不了。”

我：？？？要不你来啊！

他看我这么不愿意，露出委屈的表情，说：“不玩了，人家也不太愿意。”

他们还在起哄：“那就三秒，三秒行不行？”

他还想拒绝，我突然想开了，大手一挥，说：“来。”

这下把他吓到了。

回应　　推荐

蜂蜜水：楼主厉害。

质壁分离：楼主厉害。

楼主傻子：楼主厉害。

国服第一帅：你们听我解释啊。我忍辱负重，是有原因的！

我答应之后，还没有准备好，他却以迅雷不及掩耳之势就凑过来了，我眼前一黑，然后鼻子就和他的鼻子撞到一起了。

好疼啊。

这人有毛病吧，那么用力。

事后他说是因为太紧张了，但是我没看出来，我觉得他就是故意的。

小兔子：啊啊啊啊啊啊啊啊啊啊啊啊啊啊啊！

ddddd：楼主被撞了鼻子，这反应好淡定啊。

快睡觉睡觉：说不定还很快乐呢。

国服第一帅：快乐？我当时是很不淡定的，眼神跟刀子似的扎过去，搞得他好半天不敢看我。只是现在过了一天，我的心境已经全然不同了，阿弥陀佛。

Lennon：心疼楼主。

扁扁：哈哈哈哈。

国服第一帅 XX20-10-20 12:40

发帖子的时候总是被打断，为什么要喂我吃东西？我是没手还是瘫痪了？生怕别人不知道他跟我关系已经这么好了。

然后没过两轮，他又被罚了。

因为我被他撞过鼻子，所以这轮由我出题。

他选了大冒险。

我说："喝一口泳池的水。"

大家都笑喷了，一直说我太过分。

他也很无奈，说："那就换真心话。"

我问他："你的游戏 ID 是什么？"

他动作明显一僵。

知道我已经发现我的"女朋友"就是他之后，他神色变了又变，最后坦然回答："CXXXXXX。"

大家又开始嚷嚷："这算什么问题，不算不算，重新问。"

正合我意。

我又问他："你在游戏里，到底有没有……"

他犯规抢答："有！我在游戏里有一个'男朋友'！他人挺好的！"

众人沸腾了："啊你小子居然在网上装女孩子吗？！"

我都蒙了："我是想问，你到底有没有真的打一千场后羿啊。"

他一愣，然后笑了起来。

笑得真的挺好看的，我一个男生都觉得好看。

回应 推荐

吃柠檬：怎么感受到了一阵浓浓的宠溺啊。

瓦罗兰：哈哈哈哈。

国服第一帅 XX20-10-20 13:40

哇，我的帖子怎么还被推荐到首页了？我很慌啊。

我们当天下午没喝多少就散了，我回了酒店，然后晚上他就过来了。

我开门看到他的时候，真的是瞬间炸毛了的感觉。

他很淡定地走进来，问我吃晚饭没有，我说我想上厕所，就躲厕所去了。

回应 推荐

胡噜：让我们恭喜柚子论坛又多一对“兄弟”！

国服第一帅回复**哟**：什么玩意儿？我们是兄弟！我女朋友没了！！

国服第一帅 XX20-10-20 14:50

这个人太厉害了。

刚刚他说要送我，在我车上坐了几十分钟。后来我赶他回家，他就很委屈，又很舍不得，一直问我他能不能来找我。

我说不能。

他又问我还会不会去找他。

我说不会。

然后这个人看起来要哭了！

这种动不动就眼红的人，你们说他是男生？？？

唉。

然后他又问我还会不会和他玩游戏。

我真的是一时心软，就答应了。

他马上就高兴了，然后利落地下车了。

回应　　推荐

Lennon：楼主你还在吗？？敲碗等后续啊！

楼主傻子：十天过去了……

我喜欢楼主：大家好，我是楼主的“女朋友”哈哈哈哈。对，我去找他玩了。

小兔子：？？？？

蜂蜜水：？？？？

熊小姐：本人出现了……

楼主傻子：我不信。

国服第一帅：现在你信了吧？

我喜欢楼主：他刚刚睡着了，估计他起来看到我发的这一段之后，就会申请删帖了。

本来他不想继续更帖了，觉得“打脸”，可是我觉得很有意思，嘻嘻。

对了，他前两天还把我带上王者了。

楼主傻子：你厉害。

吃柠檬：啊啊啊啊啊啊！几天不来差点出大事啊！！楼主怎么同意你去找他的？

我喜欢楼主：死皮赖脸嘛，他回去之后我继续找他打游戏，周末背了个背包就来找他玩了，他要给我订酒店，我死活不愿意，就住他家了哈哈哈。

他真的是不会拒绝人啊。

然后这两天，我使出浑身解数逗他开心什么的，具体细节就不加以描述了，总之他被我耍得一愣一愣的，然后我就顺利地作为他的好朋友，继续在他家留宿啦。

我很厉害没错，嘻嘻。

我超级喜欢他这个朋友啊，因为他操作真好，愿意带我上分！

公举滨：祝福！！！！

细雨斜飞：这年头有个好兄弟也要秀了是吧？

国服第一帅 XX20-10-30 18:30

什么东西？？？他真的是非常不要脸了。

具体情况其实是，这个人发高烧到38.5度，一个人跑过来找我，差点晕倒在我家门口。我难得休息一天，还要陪他去医院打针。他打完针又不愿意去酒店，我只好把他带回家。接着他就又要喝粥，又要喝果汁，还要我带他上分，我像伺候大爷一样地伺候他。

还被耍得一愣一愣的，我看是烧得不行不行的。

回应 推荐

吃柠檬：大型“屠狗”现场。

Lennon：狗狗是人类最忠诚的朋友，可以不爱，请别伤害。

我喜欢楼主：嘻嘻。

国服第一帅：滚。

我喜欢楼主：大佬，带我。

End

240
255
西
285
300
西北
330
350
北
SHORT SLEEVED
SHIRT
沉默寡言职业选手
叽叽喳喳话痨主播

东北 60 75 东 105 120 东南 150 165

ART

我们双排吧

Side By Side

我就是喜欢……和你一起打游戏啊。_

ACK

N W E S

我们“双排”吧

text 梦迢迢

拖延症晚期，小甜饼爱好者和生产机。

BRO

TO ▸ 01

赵煜宁做主播，主要是因为闲。

大三的寒假，找工作嫌早，不工作又无聊，在家里待的时间久了，父母看他的眼神就像在看一只社会的蛀虫。朋友给他出了个主意，说他 WZRY 打得不错，人也有意思，可以试试去做主播。赵煜宁一想，觉得这事不难，便从某宝上买了个劣质麦克风，找了个最大的直播平台就开始直播了，他也不露脸，只是解说。

赵煜宁直播了三天，才知道做游戏直播没那么简单——他自言自语了三天，直播间只进来了十个人，也没有任何评论。有那么一个深夜，他内心很受冲击，甚至开始怀疑人生，觉得自己没有直播的天分。不过他又很快安慰自己：反正就算不直播，他也打游戏，他也爱自言自语，还是不要让复杂的直播玷污了纯洁的游戏，自己玩自己的吧。

如此坚持了一个月，竟然也有了偶尔来评论的观众，还收到了五十块钱的打赏，虽然直播间还是常年只有十个人，但至少开张了。赵煜宁也不打算把直播当成工作了，他一边继续在网上投简历，一边把直播当成在没有找到工作前打发时间的消遣。

WZRY 这个游戏分为青铜、白银、黄金、铂金、钻石、星耀、王者和荣耀王者这几个段位，赵煜宁的大号已经荣耀王者八十多星，上分艰难，于是这天晚上他买了个小号，起名叫作“斗鱼彭鱼宴”，又把直播间的标题改成了“单排从青铜到王者”，然后毫无悬念地一路连胜到了黄金段位。打铂金段位的晋级赛时，他原本打算像前几轮那样选边路，却碰到了一个人跟他抢位置。对方选了孙策，赵煜宁就打字问：“要不你打辅助？”

对方就换成了瑶。

赵煜宁选了马超，又打字说：“谢谢你。”

对方没回答。

进了游戏，赵煜宁看了眼对方的 ID，这人叫作“飞翔与盟主”，一看就是默认 ID，但赵煜宁还是故意开麦问他：“盟主，你为什么叫盟主啊？你是武林盟主吗？”

没人理他。

不过赵煜宁早就习惯低段位开麦没人理这一事实了，见“飞翔与盟主”开了喇叭，便还是自言自语道：“我玩马超很厉害的，等一下给你们看我的表演。”

他线上的对手是项羽，他更自信了：“看我四级单杀！”

下一秒他就被对面的钟馗勾进了塔里，送出了一血。

队友在队伍聊天里发了个问号，他的直播页面里，观众也发了一串问号。

赵煜宁道：“意外，意外，没看对面阵容。不过这钟馗怎么一级就来帮上单勾人？也太不讲道理了吧。”

他又哀号：“对面有辅助跟上单，我只有一个人啊。”言下之意，自然是希望辅助跟他。

小地图上，他看见瑶在中路犹豫了两秒，往上路来了。

他立刻说："谢谢你好兄弟，还是你比较喜欢我叫你盟主？"

仍是没有回应。

赵煜宁道："如果我四级单杀了，你能不能开麦说话？你怎么不说话，不说话我就当你默认了哦……好，那我们说定了。"

等到四级，赵煜宁立刻越塔，对面显然也是小号，但是没有赵煜宁厉害，猝不及防之下就丢了人头，赵煜宁音量都提高了，激动道："单杀了单杀了！盟主快开麦！"

然而下一秒系统告诉他，人头是瑶的。

赵煜宁："……"

原来是瑶在旁边使用二技能拿到了人头，瑶也升到了四级，上了他的头顶，然后在他头顶上发了一个系统文字——"谢谢你"。

弹幕里也是一片"哈哈哈哈"。

赵煜宁嘴硬道："就算我单杀了你也不会开麦的，我就知道。"

瑶没反应，只是从他头上跳下来了。

赵煜宁忙道："怎么了怎么了，生气了吗？我开玩笑的，你不要走嘛。"

瑶还是往中路走了，赵煜宁失落道："好吧，那你走吧。"

弹幕纷纷说："主播矜持点！"

不过这次，瑶在队伍聊天中说："他们要抓中路了，一起来。"

赵煜宁道："真的吗？"

他虽然没有十分相信，但还是听话地往中路走，结果刚来到中路草丛，对面果然越塔了，赵煜宁和瑶从后包抄，拿下了三个人头。

"你好厉害。"赵煜宁惊讶道，"你不是这个段位的人吧？"

瑶又不说话了。

这时候，有队友说话了："马超你话也太多了吧。"

赵煜宁道："我又不是在和你说话，我在跟瑶瑶说话呢。"

瑶还是没有反应。

赵煜宁莫名被激起了一种胜负欲，他又说："瑶瑶，这局结束我们双排吧，我玩游戏可厉害了。"

瑶还是没有反应。

不过赵煜宁坚持不懈，不停地喊着"瑶瑶"和"盟主"，推倒对方水晶的时候，己方队友忍不住说："别献殷勤了，看着好可怜。"

这句话显然引起了观众的共鸣，屏幕上立刻划过一连串"看着好可怜"和"哈哈哈哈哈"的弹幕。

赵煜宁看见之后，觉得这样的直播效果也还不错，一个人单排上分多少有些无聊，如果对方愿意的话，确实可以找他双排。

这局游戏结束之后，赵煜宁给对方发了好友申请，嘴上说："他给我让位置了，是个好人，我带他上几颗星，不过分吧。"

弹幕还在"哈哈哈"，只有一条彩色弹幕说："主播别给自己找借口，'舔狗'终将一无所有。"

赵煜宁道："这怎么就'舔狗'了？你们的思想很危险，太极端了，小心找不到朋友。"

他看了眼对方的资料，看见对方性别男，头像是一张风景照。

"这头像……"他喃喃道，"该不会四十岁了吧？"

弹幕："主播是不是搞年龄歧视！"

赵煜宁正想吐槽弹幕，对方通过好友申请了。两人组了队，赵煜宁立刻说："你能开麦吗？开麦好交流。"

对方发出了一个字："不。"

不知道是不是觉得这个"不"字显得太冷淡了，对方又发了一句："不了。"

赵煜宁失笑道："你还真别说，有了个'了'和句号之后，好像是让我心里好受点了。"

飞翔与盟主发了个微笑的表情。

02 ▸ 02

陆川源换了个姿势，从仰躺变成侧躺。

微信里有人发了条信息给他，是队里打辅助的丸子，信息里说："你别太难过了。"

陆川源没有回复，游戏进入读条界面，那个现在正在和他双排的人喋喋不休地问他："兄弟，你老实告诉我，你是不是四十岁了，你知道这个微笑的表情我妈都不发了吗？"

陆川源哑然失笑，又想，为什么不能发啊。

他是真的不懂，于是进入游戏后，他问了一句："为什么不能微笑？"

对方立刻做出回应："因为这个笑容很嘲讽啊，你不觉得吗？这不是真心的笑容。"

陆川源回想了一下，仍是不懂。职业选手里不懂人情世故的人很多，他大概是里面比较严重的一个，很多事他都不懂，就比方说他也不懂为什么这次冬季赛结束后，所有人都安慰他，说不要太难过，他已经表现得很好了。

好多评论说，如果 TRR 获得冠军，他一定会是 FMVP；但是 TRR 止步于六强，因为其他选手的水平实在参差不齐。TRR 配不上可以称之为顶级边路的陆川源，自从冬季赛结束后就不停地有人问他要不要转会，他的微博评论和私信里天天有人给他推荐战队，甚至有人开始畅想他进了别的战队后会发生什么事；队友也认为他会转会，请他吃饭，拍他的肩膀，对他说："你做什么选择都可以，情有可原。"

陆川源完全不懂，他没有转会的打算，在他看来，TRR 很好，他们只是缺了一点点运气。

但好像只有他一个人这么认为。

过年回家，连根本不懂游戏的爸妈都问他是不是要转会，陆川源不善言辞，于是干脆不回复了。他想打游戏，只是一登上自己的账号，就有好多人找他聊天，又都是说比赛的事，他不胜其烦，干脆开了个小号，表面打游戏，实则放空，直到碰到了这个……

陆川源这才仔细看了下对方的 ID。

“斗鱼彭鱼宴”。

陆川源笑了。

对方还在问他的年纪，自顾自一口咬定他一定四十岁以上，甚至替他编了一个十二岁的女儿，开始畅想起了有个十二岁女儿的生活，陆川源打字问他：“你是主播吗？”

对方沉默了两秒，随后不好意思道：“是主播啦，不过只是小主播，直播间没什么人。”

对方的声音很好听，听起来像是十七八岁的少年，张扬热烈，就像温暖和煦的初夏阳光。也正是因为如此，对方的喋喋不休并不烦人，反而让人想要微笑。

陆川源道：“就叫‘斗鱼彭鱼宴’吗？”

对方“噗”地喷笑出声。

“怎么可能！哈哈哈哈，不好意思，我一般不会笑的，除非真的很好笑，我的直播间……我晚点告诉你，我总不能坑你吧，但要是我带你连胜了，你能不能给我点个关注？”

陆川源道：“好。”

听着对方的话，陆川源觉得自己暂时忘记了那些让他烦恼的人和事，他的心情变得轻松了些，也能重新体会到这个游戏的乐趣了。

03 ▸ 03

“他肯定是四十岁的叔叔。”关掉组队麦之后，赵煜宁对粉丝这样说，“你们不要胡乱组队，这是个叔叔，尊老爱幼懂不懂？”

一连串弹幕都在说“你去问问”，又有一些说“别殷勤了”。

这把赵煜宁打野，因为连胜很多把了，他的心情比较放松，进红区的时候还在吐槽弹幕，结果草丛里跳出两个大汉，电光火石之间就把他杀了。赵煜宁瞬间失声，弹幕划过一串“完了翻车了”。

赵煜宁连忙开麦道:“完了盟主，对面肯定也是小号，都会反野了，你快来跟我吧。”

瑶立刻就跑过来了，结果他们这队的上路和射手也接连送了人头。赵煜宁紧张了起来，说好了连胜上王者，要是铂金就输了，这就太离谱了。

对面果然是小号，还打字嘲讽：“对面是真人吗？”

赵煜宁道：“他们还嘲讽我们，这可不行，一定要打回去！”

他的声音本就是少年音，此时带着点小愤怒，音调提高，像是一只炸毛的猫。陆川源听着这个声音，也不知脑子抽了什么风，开麦道:“别担心，会赢的。”

赵煜宁听到这个声音，手一抖，把闪现点了。

这显然是个年轻人的声音，虽然微微沙哑，语调低沉，但是声音的底色是清澈的，同时笃定、认真，仿佛不管说出什么话来，都是一锤定音。

弹幕里的人纷纷感慨盟主声音好听，甚至忘记嘲笑赵煜宁点到了闪现。

赵煜宁听到这个声音，不知为何，都不敢像先前那样说话了，反而乖巧道：“我们该怎么打，我听你的好不好。”

陆川源道：“去对面蓝区偷野。”

陆川源简单指挥了几句，优势就回来了。赵煜宁只是刚开始有些慌，有了优势之后，便凭借技术很快把对面杀穿。弹幕里叫他嘲讽回去，赵煜宁道：“没必要没必要，不要跟这种人一般见识，盟主还没说话呢，不要在别人面前显得自己没有素质。”

弹幕："还在意起自己的形象了？"

这把游戏结束，陆川源道："我准备去睡了。"

赵煜宁看了眼时间，发现已经是凌晨2点，便说："我也要下播了。"

陆川源道："你叫什么，我去你的直播间看看。"

也不知怎么想的，赵煜宁道："你明天还上线吗？我明天告诉你。"

这么说完，他自己也有点不好意思，见弹幕里一片问号，便关麦道："我这是给你们谋福利，你们不是觉得小哥哥声音好听吗？明天不想听了？"

问号更多了。

赵煜宁心里却很紧张，因为对方长时间没有回答，正当他觉得大约没戏的时候，对方开口道："好，明天告诉我。"

这么说完之后，对方退出了房间。

赵煜宁忍不住笑了两声，弹幕纷纷划过"你在笑？""就离谱""反思一下自己，主播"……

赵煜宁连忙端正表情道："这是为了直播效果，你们不懂。"

04

第二天，赵煜宁比往常更有兴致地开了播，结果对方并不在线。他索然无味地打了两把。第二局结束，他看见飞翔与盟主已经在线，立刻发出了组队邀请。盟主进来之后，并没有开麦，赵煜宁失望道："你今天不开麦吗？"

陆川源正在吃饺子，便打字："我在吃东西。"

赵煜宁便说："那你好好吃，先打个瑶顶在我头上。"

弹幕："宠溺？""你继续宠""我不会磕到真的了吧？"……

这把游戏碰到的对手显然不是铂金水平，不过游戏机制就是如此，并不是完全随机匹配，而是会挑选胜率差不多的对手。低段位如今也有很多小号和代打，所以别看段位才铂金，对手很可能已经有王者水平。赵煜宁险胜之后，十分后怕，开口道：“差点输了，这也太难了，你得开麦指挥我啊。”

陆川源打字回复：“没输。”

赵煜宁道：“没输就不开麦吗？那我要输了，立刻送人头。”

陆川源无奈，只好开了麦，说：“开了。”

赵煜宁道：“哇哇哇，这把我做你的小辅助好不好，你来带我赢。”

陆川源没说话，只是选定了露娜。

赵煜宁说完这句话之后，看见弹幕有人说“主播醒醒你在打连胜”，这才意识到自己有点上头。这毕竟是在直播打连胜，自己打辅助，简直可以说是把命运放在了别人的手中，万一就这把输了，岂不是太冤枉了。

可是话都说出口了，赵煜宁心一横，还是选了瑶，嘴里说：“我当然信任盟主，看他指挥的那几把就知道他的水平肯定很高。”

在一片“主播上头了”的评论中，两人进入游戏。

赵煜宁想到了陆川源会很强，但说实话，当这把游戏结束的时候，他还是久久说不出话来，对方的露娜秀得他眼花缭乱，到最后弹幕都在说：“是你带他上分还是他带你上分？”

战绩定格在18-0-3，没有更多人头的原因纯粹是因为敌方水晶已经被推掉了，杀无可杀，在呆滞之中，赵煜宁听见对方说：“还要做我的小辅助吗？”

赵煜宁活了二十年，第一次因为别人说的话，感觉脸有点发烫。

他靠看弹幕来转移注意力，弹幕里一片五颜六色的“做”，赵煜宁道：“别这样，我才是主播，这样我很没面子。”

他没关麦，陆川源也听到了，就说：“嗯，你是主播，还是你来秀。”

他说得平平淡淡，赵煜宁却不知为何觉得脸上更烫，他脱口而出：

“那我累的时候就你来秀。”

陆川源低声道：“嗯。”

这天，他们一直打到赵煜宁下播，赵煜宁在最后关头把直播间名字告诉了对方，很快，赵煜宁就得到了一个来自叫作“我不是盟主”的人的关注和飞机，赵煜宁谢了他的飞机，问：“你就是盟主？”

在一片弹幕之中，赵煜宁立刻看见了他发的“嗯”，对方不仅发了“嗯”，还又发了两个火箭，立刻成为了赵煜宁直播间的榜一。

弹幕一片问号，外加“盟主上头啊”，赵煜宁却没有想象中那么高兴，他低声喃喃道：“我又不是……为了让你给我刷火箭的……”

05

陆川源发现自己很喜欢这种状态。

爸妈问他怎么打不腻游戏，都放假了还继续打。陆川源觉得自己并不算是打不腻游戏，只是和赵煜宁打，他找到了新的乐趣。

不过他的乐趣在双排的第五天戛然而止，因为他一边看着赵煜宁的直播一边和他打游戏时，瞥见有条弹幕说：“这个声音有点像子河。”

陆川源骤然沉默，“子河”是他参赛的游戏昵称，有人认出他了。

春节假期人本来就多，赵煜宁和陆川源双排之后，因为直播效果好，热度也上涨了不少。因为赵煜宁的直播艺名叫“宵宁”，陆川源叫“我不是盟主”，有人给他们组了个组合叫“柠檬”，甚至专门给他们剪了视频发到网上。直播间人一多，自然有人发现了陆川源的声音耳熟，于是陆川源的话越来越少，到了直播的后半段，就干脆闭了麦。

因为陆川源的话本来就很少，赵煜宁没有察觉到有什么不对劲，直到第二天陆川源拒绝了他的双排，赵煜宁才有些惊慌道：“怎么了？”

陆川源打字道：“现实中有事。”

这也不是谎话，他们的年假快要结束了，他马上就要回队里训练了，回了队里一旦让队友看见自己在打小号，他们一定会宣扬出去。职业队的很多人本来就有直播的任务，万一他们在直播中说出去了，赵煜宁肯定也会知道。

不知道为什么，陆川源暂时不希望赵煜宁知道自己是职业选手，他希望赵煜宁只把他当成一个普通的玩家。

他下了游戏，接着看赵煜宁的直播。赵煜宁显然有些不在状态，差点在星耀翻车，察觉到这点后他换了个号打，并说："不好意思啊，今天状态不好。"

弹幕道："是不是因为盟主哥哥走了？""盟主哥哥怎么了？""宵宁，盟主不要你了""盟主是我的"……

陆川源莫名不满，心想，状态差本来就心情不好，弹幕怎么连一条安慰的都没有？

想到这儿，他决定以身作则，立刻送了一架飞机，又发了一条弹幕："早点休息，别太累了。"

五颜六色的弹幕骤然增加："盟主！""磕到真的了"……

陆川源单手撑着脑袋，听见赵煜宁说："你也早点休息吧，是年假结束要上班了吧，我还以为你是学生呢，没想到是社会人了。"

陆川源正想发弹幕回复，手机振动，他收到队友的信息："明天几点回来？我来接你。"

这条信息把他拉回了现实，他脸上隐约的笑容隐去了，面无表情地回复道："我自己找得到路。"

90 ▸ 06

大家都在讨好他。

年前陆川源就察觉到了这件事，年后，意识到他不会转会后，大家的态度反而更加诡异：队伍聊天群里，他一出现就会沉默一会儿，随后大家就会迎合他的话。要是一次两次还能说是巧合，次数多了，就算是不通人情世故的陆川源也察觉到了一些不对。

第二天晚上他就回到了战队租的别墅，客厅里本来有人说话，看见他进来，声音戛然而止，陆川源提着行李看着他们，半晌，丸子说："子河，吃饭了吗？"

陆川源当然没吃，但他只是"嗯"了一声，就直接上楼，回了自己的房间。洗完澡之后，他躺在床上，见时间已经到了 8 点半，就一边打开电脑进了赵煜宁的直播间，一边打开了游戏。

赵煜宁的声音响起来的时候，陆川源也打开了游戏界面，聊天界面居然有两条留言，全是来自赵煜宁，上面写着：

"能不能加个微信？"

"我的微信账号 xxxx。"

时间是凌晨 2 点 32 分。

陆川源有点惊讶，他以为主播一般不会随便加粉丝呢。

直播中的赵煜宁正在打露娜，弹幕里都在说他的露娜没有盟主的秀，赵煜宁嘴硬地反驳："战况是不一样的，这次的对手更厉害一点……什么？我可没说我比盟主秀，你们不要污蔑我，但是我也不弱吧，你们讲良心话嘛……"

他又在和粉丝讲道理了。

陆川源复制了微信账号，点开自己的微信，微信里全是战队群聊。他有些犹豫，担心赵煜宁会通过微信认出自己，但是内心深处，他又不得不承认自己是想加赵煜宁的。

犹豫了片刻，他在直播里发弹幕问："你看 KPL 吗？"

KPL 就是 WZRY 职业赛事。

比起赵煜宁，弹幕里的其他人更先发现了陆川源的到来，他们立刻提醒赵煜宁盟主来了，赵煜宁这才看弹幕，问：“啊？盟主发了什么？”

弹幕替他回答：“盟主问你看不看 KPL。”

赵煜宁本来因为陆川源一直不回复他而惴惴不安，如今一听到陆川源来了，顿时打起了精神，道：“KPL 肯定看啊……好吧，看得不多……选手肯定是听说过几个，比方说……嗯，比方说……”

弹幕：“你是不是在用电脑查？”

赵煜宁道：“不要血口喷人，我没有，好吧，我不怎么看。”

陆川源满意地点点头，他的微信昵称是“川流”，并不会暴露他是子河这件事，于是他搜索微信账号，添加了赵煜宁，备注：我是盟主。

10 ▸ 07

赵煜宁在下播之后才发现这件事，他高兴得差点从床上滚下去，他立刻添加了好友，却不知道应该发什么了。

问问他为什么那么晚才加自己吗？肯定是因为工作，那要不问问工作忙不忙？

犹豫中，对方发来信息：“要不要双排一把？”

求之不得。

因为赵煜宁没在直播，陆川源开了麦，赵煜宁很快听出对方的声音有气无力，便问：“你很累吗？声音听起来没什么力气。”

陆川源这才想起自己一大早赶飞机，没有吃东西；飞机餐难吃，中午也没吃多少；到了宿舍，因为赌气，又没吃饭，现在可真是饿得前胸贴后背了。

“忘记吃饭了。”他老实说。

此时已经进了游戏，赵煜宁急道：“那先去吃饭啊，这都几点了。”

陆川源道：“没什么胃口。”

赵煜宁问："为什么？有什么不开心的事吗？"

陆川源沉默起来。他不是不想说，只是不知如何去说，他的脑海中不知怎的回想起他刚进 TRR 时的场景，那是三年前的事，那时候的队长对他说："你是天才，你肯定会发光。"

他那时只是个离家出走的小屁孩，不知为何因为这句话燃起了斗志。他想他能做好这件事，他要做好这件事，但是现在，他做好了这件事，情况却和原本想象中的不太一样了。

因为在走神，他被人蹲草死了，赵煜宁道："他们居然蹲你，我立刻替你报仇。"

陆川源看着赵煜宁连越两塔也要杀人，忍不住笑了，笑过之后，又开始茫然。他忍不住开口道："你有过那种经历吗？所有人都认为你会做一件对你更好的事，但是你没有做。"

赵煜宁道："当然会有，我们全家都认为我应该出去找个实习单位，但这是他们的想法，我有我自己的想法。"

陆川源道："明明是亲近的人，却不理解你，你会为此感到生气吗？"

赵煜宁道："我不会生气，因为他们是真的希望我做出更好的选择，他们是为了我好，不是吗？"

陆川源陷入沉默，赵煜宁又说："如果感觉很难受，我会跟他们谈谈，我直播之前，就跟我妈谈了谈，我妈最后对我说……"

说到这儿，赵煜宁停顿了一下，声线变得有些低沉："她说，你还是要早点睡觉，如果真的直播到很晚，我给你做夜宵。"

他轻轻笑了一下，很快声音又充满活力："盟主，你也跟家里人闹别扭吗，是不是嫌你花钱太厉害了？要我说，你不用给我刷那么多火箭，我现在也不缺钱……"

这时有人敲门，陆川源关了麦，听见外面丸子问："子河，你真的吃饭了吗？你坐了一整天飞机吧，我们煮了面，你一起吃点吧。"

陆川源思索了两秒，道："好，我马上来。"

80▸08

餐厅里除了丸子还有中单阿诗，阿诗看见陆川源，有些尴尬地抬了抬手。

面是泡面，加了香肠和鸡蛋，闻起来很香，陆川源坐下之后几口就吃完了一碗，又去盛，丸子笑道："这不是饿了吗，回来的时候还嘴硬。"

陆川源抿了抿嘴，道："不是我嘴硬，是你们不和我说话。"

丸子和阿诗面面相觑半晌，丸子道："大家只是……觉得对不起你。"

阿诗低头，眼圈渐渐红了："那一场，是我失误了……"

陆川源心里堵得慌，他又想直接上楼了，但是想起赵煜宁的话，他还是直接问："你们真的希望我走吗？"

他看着丸子的眼睛，丸子的眼神从慌乱变成迷茫，又从迷茫变成了坚定："我不希望你走，你是 TRR 最好的边路。"

陆川源道："我也觉得你们是最好的辅助，最好的中单。如果你们觉得自己不够好，就继续练，不要总想着以前的事。还有，不准哭。"

他还年轻，但说出来的话已经很有威慑力。阿诗憋住了眼泪，抬头看着他，坚定地点了点头："嗯，好好练！"

次日，TRR 开始魔鬼训练，陆川源去赵煜宁直播间的次数就少了很多，往往只有周日的晚上才会短暂地过来看一眼。赵煜宁的粉丝增加了很多，直播也走上了正轨，偶尔有老粉问盟主去哪儿了，赵煜宁便说："盟主是成功人士，他工作很忙的。"

他甚至以此来教育直播间的粉丝："因为他工作忙，所以工资才高；工资高，才可以打赏那么多，你们这群学生党或者没工作的可不要学他，到时候来找我退钱很麻烦的。"

话是那么说，赵煜宁心里还是很惆怅的。他的一百连胜达成之后，也在大厅找过其他路人双排甚至三排，有些直播效果也不错，但都没有跟陆川源一起打游戏的那种感觉。也许是因为遇到陆川源的时候他还是个小主播，没有什么包袱；也许是因为，陆川源真的有一种神奇的气质——他明明话不多，却莫名让人觉得信赖，让人想要去依靠他。

这天赵煜宁打小号，又碰到有人开麦，就和对方聊了起来。对方打辅助，赵煜宁就打野，对方跟着他，夸他很厉害，人也很好笑，又说："声音也很好听，让人想要保护你。"

赵煜宁道："别，别，大家都是男人，不要这样。"

对方笑道："男人就不能保护了？我现在不就是在打辅助保护你？"

这时是星期天的晚上10点多，陆川源完成一天的训练后上线，正好看见对方说了这样一句话。

他心里莫名不爽，在弹幕里问："这是谁？"

弹幕里顿时又是一片"盟主来了"。好半天，才有人回复他："是宵宁在大厅找的路人哥哥。"

弹幕和之前相比确实多了好多，关注也多了好多，陆川源甚至发现自己已经不是榜一了，而是掉到了榜三。赵煜宁似乎已经是个挺有名的主播了。

赵煜宁这时也注意到陆川源来了，他突然不好意思了起来。这局结束之后，他告诉那个辅助："不好意思，其实我是主播，一直在直播呢。"

对方却没有生气，反而问他房间号，赵煜宁说了，对方立刻过来，刷了一架飞机。

弹幕里一片"辅助哥哥真好"，赵煜宁感谢完辅助的飞机，就立刻收到了来自陆川源的火箭，陆川源连刷三艘，回到了榜一。

赵煜宁道："可以了，别送了，没必要呀。"

陆川源没有回复，关了直播睡觉去了。他太累了，春季赛马上就要开始了，接下来的几天都是练习赛，他估计又要忙得脚不沾地了。

60 ▸ 09

赵煜宁不清楚自己这种心虚的诡异感觉到底从何而来，但是一直到下播，他确实都有些心不在焉，一直想着陆川源来过又很快走了的事。于是一下播，他就立刻发微信给陆川源，问他要不要双排。

陆川源没有回复，甚至第二天也没有回复，一直到了第三天晚上，他才回了消息，只有一个字——"忙"。

赵煜宁品这个"忙"字品了三天，得出结论，陆川源一定是生气了。

怎么可能忙到一句话都打不了呢？这个世界上怎么会存在那么高强度的工作？

赵煜宁为此心情低落，完全提不起劲。到了第二个周末，这种失落达到了最高峰，因为陆川源一般都是周日来，赵煜宁现在担心，对方根本不会再来了。

8点，9点，10点……时间过去，对方果然没来，赵煜宁越打越沉默，一直到晚上11点多，弹幕终于开始刷"盟主来了"。

赵煜宁心里松了口气，状态却还是低迷。陆川源看得奇怪，打字问道："怎么了？你状态好像不对。"

赵煜宁道："因为碰到了伤心的事啊。"

"什么？"

"好朋友不理我了。"赵煜宁声线低沉，"他突然一周都不联系我了。"

"那有什么，你直接问他呗。

"他要是还不理你，你就也别理他了。"

赵煜宁看着陆川源发出的弹幕，就知道陆川源一点都不觉得是自己的问题，心中无端生起气来，脱口而出道："你还有脸说，我说的不就是你！"

这么说完，他自己就立刻闭嘴，心中暗道"糟糕"。

弹幕一片问号。

陆川源也很愕然，他立刻去看微信，发现赵煜宁后来还发过两条消息，一条问他打不打游戏，一条问他在忙什么。陆川源顿时愧疚起来，发信息道："不好意思，我太忙了……我后天休假，我们一起双排吧。"

如此约定之后，到了后天，陆川源还是到了晚上才有空，刚好是赵煜宁直播的点，于是两人久违地直播双排。此时赵煜宁的号已经是荣耀王者，陆川源因为后来打得太少，还停留在星耀，赵煜宁就另外登了个王者号和陆川源打，两人一路连胜十把，打王者局跟喝水一样容易。

赵煜宁的直播间此时已经有很多新粉丝，终于有人忍不住问："这是榜一？榜一怎么那么厉害？""榜一也是主播吗，这技术不直播可惜了""不会其实是职业选手吧？"……

陆川源没有开麦也没有看直播，赵煜宁看见这样的弹幕，感到与有荣焉，便重复给陆川源听，同时说："你这水平，不打职业可惜了。不过你已经工作了，估计过了打职业的年纪了，可惜，太可惜了。"

陆川源没说什么，只是下播之后，他在微信里问赵煜宁："打职业很好吗？"

赵煜宁道："喜欢这个游戏的人，都有打职业的梦想吧？"

陆川源道："你都不看比赛，还有打职业的梦想？"

赵煜宁道："我现在在看了，有名的选手我都知道了，像阿罗啦，阿情啦，子河啦。"

陆川源因为看见自己的名字而愣了一下，他现在倒是不介意赵煜宁知道自己是谁了，但是又觉得，知不知道好像没什么差别。

说到底，自己也只是一个普通的职业选手而已，没有什么值得说出去的价值。

除非……如果自己是 FMVP 的话。

他过去没有野心，不知为何，这一刻突然有了。

01 ▸ 10

5 月底，常规赛快要结束，TRR 板上钉钉进入季后赛，只剩下 6 月 1 号最后一场比赛，这场比赛的输赢已经不重要，TRR 全队也比较放松，陆川源甚至有时间刷了下微博，看了下直播回放。

这时他才知道，赵煜宁这些日子过得不太好。

他已经是个大主播了，眼红的人也多了很多。有人在网上说他技术差，上分靠粉丝，赵煜宁大概是为了争一口气，便定下目标 7 月份要上国服曜，甚至说如果上不了，就露脸直播。都快要达成目标了，有人在巅峰赛故意狙击他，找演员演他——所谓的演员，就是队友里有人故意排到他，然后不好好打，让他输掉比赛。赵煜宁连续被搞了一周，不管是巅峰赛还是排位赛都接连掉分，让他不得不停了两天直播。

陆川源立刻去找赵煜宁，赵煜宁故作轻松："没事啦，对主播来说这是常有的事，你忙自己的工作就可以了。"

陆川源道："你掉了几分，我和你一起再打上去。"

赵煜宁道："打不上去的，他们特意找的人。"

陆川源只说："上线。"

赵煜宁没在直播，陆川源自己的号段位不够，便借了赵煜宁其他的号，上线之后就开麦道："你听我指挥就行，我看了你打的曜，其实有点问题，我打给你看，你保存录像。"

陆川源被称为顶级边路，招牌英雄就是曜，所以自然有底气说这个话。赵煜宁不知道这事，但是不知为什么，他心里也没有半点不爽，反而十分信服道："好。"

明明没在直播，但开局之后，他们居然又碰到演员，赵煜宁难免消沉："这大概是我运气差吧，高分段本来就很多演员，又让我碰到了。"

陆川源道："没关系，我们好好打就行。"

赵煜宁勉强说"好"，但心里已经不抱希望。没想到，这一局他们真的赢了，赢得莫名其妙，人头没有对面多，但是经济一直领先，兵线权也一直在他们这边。

又是连胜，一直到一百星，赵煜宁终于发现，对于陆川源来说，一百星的荣耀王者局，好像也和低星王者局没有区别，他想要连胜，就一定能连胜。

就算他再怎么神经大条，也察觉到一丝不对劲了："你……你是不是职业选手？"

陆川源没有否认，"嗯"了一声，直接下线了。

11

那天赵煜宁虽然没有直播，但是因为他的账号比较有名，一直有人观赛，也有人录下了视频。很快有人发现视频里打曜的根本不是赵煜宁，赵煜宁也干脆在微博承认，视频里打曜的是自己的朋友。

"我的朋友想给我演示一下曜怎么打，我是向他学习的，带节奏的人也不要说什么我在找代打，一来我那天没有直播，二来我们是双排，并不是他打我的账号。"

这条微博一发出，一时根本没人在意他是不是在双排，大家都在讨论，这个打曜的到底是谁。

赵煜宁的粉丝说是榜一“盟主”，“盟主”是路人王，打边路一直很厉害；而有观看 KPL 习惯的玩家则说，这人是子河陆川源，出道就是怪物新人的顶级边路，TRR 最大的王牌，对方的打法、出装习惯、发育思路，全部都“很子河”。

超话里讨论得沸沸扬扬，赵煜宁的直播间因为这一传闻直接上了热搜榜。偏偏上个月因为被狙击的原因，虽然最后陆川源帮他上了分，但他的曜仍旧没来得及上国服——按照约定，他非得露脸直播不可了。

陆川源也知道了这事，他不禁有点好奇，于是 6 月 3 日赵煜宁露脸直播这天，他特意抽空打开了对方的直播。屏幕左下角出现了一个小小的画面，上面是个面孔白皙的青年，穿着白 T，头发半长不短，眼睛狭长，鼻梁高挺，微微皱着眉头，露出不好意思的表情。

陆川源情不自禁地摸了摸自己的脸——对方好像比自己帅？

弹幕和从前的画风完全不同，一半的人在喊“老公”，另外一半在发感叹号问号，有人说：“你早该露脸，打什么国服曜啊。”

赵煜宁的声音比先前低了一个八度，好像露脸把他的声音给封印了似的：“我是技术主播，哼，我……又不帅，你们别吹了……”

他脸红得连美颜滤镜都盖不住了。

赵煜宁盯着屏幕发呆，直到瞥见有人说“盟主好像在线”才如梦初醒，直接把直播给关了，甚至后台退出。做完这此地无银三百两的举动，他才后知后觉地想：嗯，我在慌什么？

赵煜宁是看到弹幕之后才知道陆川源来过，但是等他注意到的时候，陆川源已经退出了。他心中莫名不安，暗想：他为什么什么都不说就退出呢？难道不想再看自己的直播了？

这些天赵煜宁不断重复观看着陆川源视角的游戏视频，他越看越是赞叹，越是比任何人都怀疑，这个人就是子河。他去网上搜索了子河的采访视频，视频里是个高而瘦削的少年，脸上已经有了棱角，五官深邃，眼神坚韧而凌厉。少年十分沉默寡言，很少有超过十个字的回答，但是赵煜宁一听声音，便心中了然。

他果然是子河。

陪伴自己那么久的，给自己砸了那么多钱的，和自己双排在钻石局打游戏的，居然是 KPL 顶级选手——这太超脱现实了，听起来简直就像个段子。

赵煜宁甚至不敢再找陆川源说话，他怕陆川源根本就不想让自己知道他的真实身份，他怕陆川源会对自己冷淡下来;他甚至有点担心，会不会发送消息之后，就发现自己已经被删除好友了。

转眼到了 6 月 7 日，6 月 8 日就是季后赛开始的日子。赵煜宁在学习了陆川源的视频后，在 6 月 6 日成为了国服曜，他想对陆川源表示感谢，却担心对方现在很忙，自己贸然给他发信息会打扰到他，犹犹豫豫到了晚上，赵煜宁心一横，在聊天框上写道："谢谢你，比赛加油。"

他担心冒昧，又连忙补充："忙的话可以不回，一定要好好休息。"

这样发完，他像是把憋着的气吐了出来，简直消耗了比直播一天还多的精力。赵煜宁就这样捧着手机躺在床上发起了呆，直到手机震动了一下。

他收到了陆川源的消息："你上国服曜了吗？"

赵煜宁没想到对方到现在还关心自己，受宠若惊道："已经上了，多亏了你的指导。"

陆川源道："那就好，因为曜很快就会有新皮肤了。"

赵煜宁看着这行消息发愣，过了好一会儿，他才理解了这句话的意思。

每年的职业联赛都会诞生一个 FMVP，而 FMVP 可以指定一个他的拿手英雄出新皮肤。这句话，是陆川源要拿春季赛 FMVP 的宣言。

赵煜宁看着这行字，莫名就热血沸腾了起来，他回复道："嗯，我等着。”

12

打游戏以来，赵煜宁从来没有这么关注过职业联赛。

短短一个月，他已经对 KPL 选手如数家珍，对各个战队的特点心中有数，比方说陆川源所在的 TRR，最大的特点就是边路强——因为边路就是陆川源。

其他战队的部署自然都会针对陆川源，但是这赛季陆川源真是强得有点过分了，所有针对他的部署反而成了他的突破口。有人说，虽然 TRR 有胜有败，但是子河从来没有败过，因为他就是边路的神。

到了 8 月 17 日，TRR 有惊无险地迎来了决赛，和另一只传统强队 RUM 一起争夺春季赛冠军的奖杯。

这天赵煜宁的直播直接变成了 KPL 决赛转播，弹幕里已经存在了一个月的疑问也终于迎来了答案。

赵煜宁说："我知道你们一直都想知道盟主是不是子河，我之前不说，是不知道怎么说，我自己都跟做梦似的呢。但是今天是非常重要的日子，我必须要清醒一点了，因为今天盟主要去拿 FMVP 了——对的，我刚才已经说了，盟主是 FMVP 的有力竞争者，所以你们还不知道答案？"

成千上万的弹幕顿时覆盖了屏幕，连画面都看不清了。有人骂他蹭热度，但是赵煜宁不管，他现在只想在第一时间知道比赛的结果。

对于观众来说，那是漫长的三个小时，但对于陆川源来说，时间过得很快。

当主持人宣布 TRR 获得胜利成为春季赛总冠军的时候，他放下发烫的手机，手指还在颤抖。队员蜂拥而上团团将陆川源抱住，他只闭上眼睛，知道自己达成了目标。这一刻，他的脑海中浮现出了赵煜宁的话："嗯，我等着。"

他笑起来，在心里想，你等到了。

几乎没有人怀疑，如果 TRR 获得胜利，陆川源就会是 FMVP，而结果也果真如此。陆川源成为了春季赛最有价值选手，他被人群簇拥着走出赛场，面对闪光灯，接受采访，等到一切结束，已经是凌晨 3 点。

他躺在床上摸出手机，几乎是无意识地给赵煜宁发了信息："睡了吗？"

赵煜宁秒回："没睡！恭喜你！你太厉害了！哈哈哈哈！"

陆川源的脸上情不自禁地浮现出笑容，他不清楚这是因为对方浮夸的反应，还是因为对方回复的速度。

下一秒，赵煜宁居然直接发了语音过来，陆川源一接通，便听到一声尖叫，然后是赵煜宁都有些嘶哑了的声音："我太激动了，我在直播的时候都一直在尖叫，嗓子都哑了！可是你真的太厉害了，太厉害了，我我我太高兴了……"

陆川源把手机挨在耳边，声音却一如既往的平静，他说："明天晚上没什么事，我们双排吧。"

赵煜宁蓦地沉默，半晌，他不可置信道："你你你明天就要跟我双排？你知道你自己现在的价值吗？"

陆川源的声音云淡风轻："什么价值啊，难道要让我不能做我喜欢的事吗。"

赵煜宁呆住了："什么？"

陆川源轻轻地笑起来："我就是喜欢……和你一起打游戏啊。"

End

正直暴躁
游戏大佬
扮猪吃老虎
小菜鸡

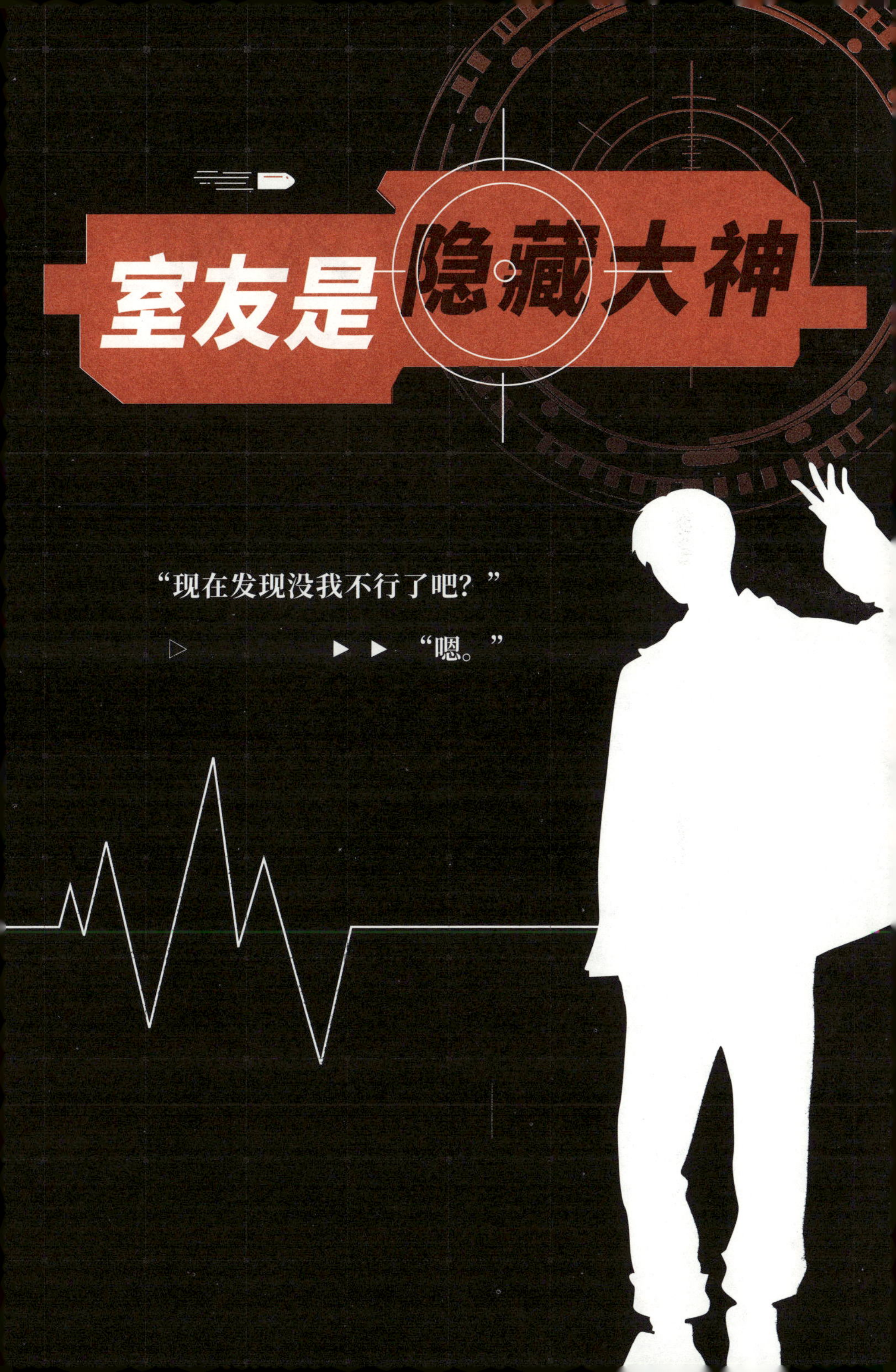
室友是隐藏大神
“现在发现没我不行了吧？”
“嗯。”

室友是隐藏大神

TEXT ▶ 桃花朋

咸鱼小写手一枚，喜欢喜剧，不喜欢悲剧，致力于制造各种小甜饼。

01

“何胥洲，你故意整我是不是？”

阮康时看着自己游戏界面里，昨天还群星闪烁、今天就只剩下一颗孤零零的小星星的游戏段位，气得险些心脏病发作。

还好他周末有事回家了，要是搁在宿舍，准得上去踹何胥洲两脚。

电话那头的何胥洲显然还没睡醒，说话都带着明显的鼻音，但是这并不妨碍他一大清早就开始调戏阮康时：“怎么了？难道是昨天隔壁寝的哥们儿跟我一起搭伴去夜跑的事情被你发现了？嗨，相信我，我跟他只是玩玩而已，我和你才是同穿一条裤子的真兄弟！”

他是怎么把这么恶心的话说得这么顺口的？

好在阮康时跟何胥洲认识得足够久，已经有些刀枪不入了，他淡定地质问道：“你还好意思问我怎么了？我把游戏账号借给你，你给我搞成这样子？”

阮康时的段位高，本以为就算何胥洲是个游戏菜鸟，撑死了也就是让自己从七阶掉到五阶而已，他努努力，一个星期就能重新打回来。

ROOMMATE

可谁承想，账号仅仅借出去了一个晚上，他的段位直接从七阶掉到了一阶，外加收到五个队友的举报！

电话那头的何胥洲总算搞清楚了状况：“原来你说的是这件事情啊，我这不是刚开始玩嘛，不太熟，这不正常吗？”

“你这叫不太熟？我在电脑前栓条狗玩得都比你好！”

何胥洲一点也没生气，反而还发出低低的笑声：“怎么，小瞧狗啊，我邻居家的一条拉布拉多还会算数呢，你会吗？”

阮康时：“……”

他上次期末考试考高数的时候，不知道是太紧张还是眼神不好，三加二他写了个六。何胥洲知道以后，时不时就拿这个事儿来挤对他。

阮康时气极了：“我不动手，你就不知道我文武双全，是不是？”

“得得得，别生气，不就是一个账号嘛，等着！”

阮康时还没弄明白他说的是什么意思，就听见手机响了一声。

“看看我给你发的图片。”

阮康时点开图片，是一条购买记录，购买的物品是……一个八阶的游戏账号？！

“怎么样，这回放心了吧，比你原来的段位还高呢！”

游戏玩得不咋地，这种歪门邪道他倒是操作得挺溜。

阮康时忽然想到了什么：“你当初答应得那么爽快，不会就存了这个心思，打算实在不行就买个冠军吧？”

“这个也不是没考虑过……”

阮康时是校电竞社的成员，最近学校将推举一支团队参加全国高校组的电竞比赛，会先在校内进行一场选拔赛。

阮康时游戏打得好，本来十拿九稳的，可是谁知道，关键时候，他的右手突然受了伤。他本来都打算放弃了，何胥洲知道以后，说什么也不让，非说自己可以替他拿下校赛，等到了省赛的时候，他手臂正好能痊愈。

何胥洲当时的态度十分果断，阮康时还以为他有两把刷子，结果就这样?

还想用钱买冠军，亏他想得出来。

阮康时手起刀落，直接把手机里何胥洲的备注改成了“何富贵”。

02

阮康时从家里回来，顺便给何胥洲带了一份他要的螺蛳粉。

阮康时捏着鼻子，蹲在窗口，眉宇间全是不解和疑惑：“你这是什么喜好，大户人家就这品位？”

这一会儿的工夫，已经有好几个经过他们寝室的同学进来问，是不是有谁攒了几个星期的袜子没洗了，要不然能有这味儿?

何胥洲从碗里抬起头来，冲着他笑：“不是大户人家的品位，是我的品位！”

吃了一碗螺蛳粉，何胥洲心情无比舒畅，打游戏都精神了。

“好了，教我打游戏吧！”

何胥洲再三跟他保证，昨天是因为没有人指导，他才会那么菜的，今天有他这个电竞大佬教，肯定没有问题。

然而，等到他一上手，画面是这样的——

何胥洲站在游戏场景里的一块镜子前。

“魔镜魔镜，谁是世界上最帅的男人？是何胥洲。”

何胥洲：“你看，游戏里的东西还是很诚实的！”

阮康时：“……”

再不然就是这样的——

阮康时：“打怪，打怪，你逛什么街……往楼上跑，楼上跑，隐藏隐藏，看准敌人爆头！”

何胥洲："耶！我打中了一个！"

阮康时："那是我！"

阮康时这边已经打游戏打到自闭，偏偏何胥洲那边戏瘾犯了，小嘴一瘪，好不委屈，活脱脱化身成一个"小媳妇"："阮康时，你居然为了一个破游戏凶我，你到底是不是人？你说，到底是我重要还是游戏重要？"

"你你你，你重要！"

何胥洲笑了："这种事情放在心里就行了，两个大男人一天到晚总把这种话放在嘴边成什么样子，我得批评你！"

阮康时心想，这人是不是玩不起？

一个下午过去了，阮康时已经心力交瘁，瘫在了椅子上："兄弟，说真的，我以前要是有什么对不起你的地方，你直接跟我说行不行，不要这么折磨我！"

何胥洲想了想，用一句经典台词来鼓励他："阮阮，站起来！"

阮康时："……"

03

因为昨天教何胥洲打游戏差点心肌梗死，阮康时今天早上醒来的时候，精神不振，整个人仿佛被掏空。

偏偏何胥洲看了，笑得一脸灿烂："别害怕，男孩子总有这种力不从心的时候，放心，我是不会嫌弃你的。"

阮康时："我是被谁害的你心里没点数吗？"

何胥洲："嘿嘿，原来是因为我吗？"

阮康时："……"

上午最后一节课是 JAVA，说来也奇怪，阮康时那么喜欢玩电脑的一个人，对 JAVA 之类的东西却一窍不通，一看到那几个小括号、中括号就头疼。

教室里气压很低，除了 JAVA“师太”喋喋不休、唾沫横飞地讲了两百多行代码，就只剩墙上挂着的电风扇在“嗡嗡”转动，偏偏这电风扇还丝毫不懂得“雨露均沾”的道理，有的人被吹得睁不开眼，有的人却连一丝风都得不到。

阮康时单手拄着脸，趴在桌子上神游。他越想越觉得自己当初同意何胥洲代替他打校赛是个多么错误的决定。实在不行的话，到时候他就自己上场，虽然手速会下降，但是好歹比他强吧。

“阮康时，回答一下黑板上的这个问题，这道题应该选什么？”

离下课不到五分钟时，阮康时突然被叫起来回答问题。他根本就没听课，就算听了也听不懂。

他偷偷扯了扯身边何胥洲的袖口，示意他帮忙：“选什么？”

何胥洲也很够意思，不动神色地在本子上写了一个“B”。

阮康时朗声回答：“选 B。”

老师：“……坐下，这道题是多选，答案是 ACD。”

阮康时在心中咆哮：整我，是不是整我？

04

“阮哥，厉害呀，教教我怎么巧妙地错过正确答案呗？”

这一会儿不到的工夫，阮康时在 JAVA 课上的“壮举”就已经在整个年级传遍了。他走在路上，经过的同学都会上来打趣一句。

阮康时的脸黑得不行，而罪魁祸首不但没有认识到自己的错误有多严重，反而笑得站都站不起来。

阮康时一脚踹在何胥洲的屁股上：“你故意的是不是？”

“欸欸欸，动什么手啊，谁让你着急的，我想写的是‘B 不选’，谁让你没看后面就回答了？”

这是什么歪理邪说，写“ACD”不比写那个容易多了吗?

他怀疑何胥洲就是故意的。

老师还让何胥洲给他补课。天啊，都 XX20 年了，他一个大学生还要补课?

大概是意识到自己做的实属有些过火，何胥洲终于做了一回人，主动帮阮康时打了他最喜欢的红烧肉来将功赎罪。

阮康时看着餐盘里满满的红烧肉，发出了疑问：“为什么阿姨给你盛了这么多肉？”平时食堂打饭的阿姨，哪个不是只盛半勺，还得抖两抖。

何胥洲笑了笑，冲着他抛了个媚眼：“这完全是个人魅力，谁让我长着一张讨人喜欢的帅脸呢！”

何胥洲无疑是长得帅的，并且他常常用他这张具有迷惑性的帅脸去占便宜——小到让食堂阿姨多给他盛点菜，大到让全校女生误以为他是个人狠话不多的禁欲系帅哥。

但就在不久前，阮康时他们班有同学过生日，大家去 KTV 给他庆生。快要结束的时候，有人偶然看见平时看起来冷冷清清、矜持高贵的何胥洲何美男正窝在阮康时的旁边，手还搭在人家的肩膀上，低声说着什么，惹得阮康时频频压制不住，想要跳起来揍他。

阮康时平时为人正直又义气，就是脾气有点暴，动不动就奓毛。但是，他对何胥洲就十分包容，玩笑随便开，甚至还经常帮他买早饭回来，从没有真的对他发过脾气。

他们两个相处的时候仿佛开启了截然不同的性格模式，是旁人从没有见过的样子。对此，何胥洲不以为耻，反以为荣。

“我长得帅，可不就得好好利用吗？这有什么可耻的？有人天生腿长、运动神经好，就去打篮球了。我长得帅，适当利用有什么不行的？你不让我用，就是暴殄天物。”

阮康时被他的歪理邪说气得头疼："别比赛了，你直接花钱买个冠军回来吧，反正你原本也有这个念头。"

"不是不可以，但是我明明能赢，为什么要白白把钱给别人呢？难道我看着人傻钱多吗？"阮康时心想，你可不就是人傻钱多吗。再说了，他是怎么会有这种谜之自信的呢，还大言不惭地说能赢。

他俩正边吃边聊着，赵毅然突然走过他们桌，还故意撞在桌子上。桌子的晃动让阮康时碗里的菜汤洒了一点出来，溅在他的衣服上。

赵毅然笑了笑，语气里没有一点真诚："真是对不起啊，不小心撞到你了。哎呀，衣服都脏了呢，不过，我们阮哥手受伤了，都坚持要打比赛，洗一下脏衣服一定没问题！"他身后的人都在跟着笑。

赵毅然就是伤了阮康时的人。

他和阮康时同在学校的电竞社，实力也是一直不相上下，学校推荐出去比赛的名额只有一个，他为了能参加比赛，上次跟阮康时一起打篮球的时候，故意伤到了他的胳膊。

阮康时虽然很生气，但被何胥洲以"不要因为小人被学校彻底取消参赛资格"为由拦下了，没有找赵毅然算账，没想到他竟然这么猖狂。

赵毅然接着对阮康时道："听说你找了一个游戏菜鸟替你，早知今日，不如当初进我的战队，说不定我还能让你做个替补什么的，谁让你这么冥顽不灵呢，这下连省赛都去不了吧！"

阮康时气得已经在奓毛的边缘，想起何胥洲之前说的话，担心自己一时冲动让他也不能参赛，只好忍着脾气一句话没说。看到气成河豚的阮康时安安静静待在原地，何胥洲脸上流露出淡淡的笑意。

嘲笑完阮康时，赵毅然刚准备离开，忽然面前伸出来一只脚，他没有防备，被绊得一个踉跄。

赵毅然以一副要打人的表情冲着罪魁祸首何胥洲恶狠狠地看过去："你想干吗？"

何胥洲冲着他笑：“不干吗。”

“你是故意的！”

“我是吗？看你打篮球的时候挺有活力的，刚就是被绊了一下，正常走路没问题吧？”

何胥洲直接把他对阮康时说的话，原封不动地还给了他。

赵毅然被他说得一噎：“我记住你了，你给我等着！”他放了一句狠话，狼狈地离开了。

阮康时知道赵毅然的人品，免不了替何胥洲担心：“你犯不着为了我跟他对上，他爱记仇，你小心点，最近要是去哪儿都叫上我。”

“有什么好担心的，他不会把我怎么样的！”何胥洲冲着他笑，一点都没将此事放在心上的样子，“再说了，不还有你保护我嘛！”

阮康时面无表情地提醒他：“你比我大！”

“那你更应该检讨了，为什么明明你年龄比我小，看起来却比我还老？”

阮康时：“……”

如果每天不用跟他这么个糟心的玩意儿斗智斗勇，他大概真的会年轻一点！

阮康时懒得跟他争辩，默默地想，反正以后何胥洲去哪儿他都一起去好了。

05

一直到了比赛那天，赵毅然也没再使出什么手段。

上场之前，赵毅然倒是特意跑过来放了一句狠话：“希望你们能够坚持到决赛，等着被我打得屁滚尿流！”

阮康时和何胥洲两个人根本就没把他的话放在心上。

阮康时拍了拍何胥洲的肩膀：“放平心态，就算最后输了也没什么！”

“怎么对我这么没信心？”

阮康时不是对何胥洲没有信心，而是因为赵毅然打这个游戏已经打了很久了，阮康时很清楚他的实力，关键时候，他还会有一些不入流的小动作，为了赢他什么事都干得出来。

其实何胥洲最近已经长进了不少。在这么短的时间里能打到这个水平，已经很让人意外了，甚至可以说，要是何胥洲原来就一直和他们打，现在他的水平不会比阮康时低。但是只可惜他是半路出家，本来玩的时间就少，比赵毅然这种一直玩的玩家熟练度肯定还是差了一点，所以就算是输了，也可以理解。总之，阮康时让他放平心态。

何胥洲不在意地笑笑，眉间的神色有点轻佻：“放心吧，等着哥哥给你赢回来！”

不出意外，赵毅然一路顺利地打到了决赛圈，他本身技术就是数一数二的，要是没有进入决赛那才叫人吃惊，所以他的表现并没有给场下的观众带来什么惊喜。

反观何胥洲就不同了，他“一个菜鸟”替阮康时向赵毅然叫板就已经话题满满了，再加上他的外形实在是过分出色，瞬间吸粉无数。

阮康时甚至听见身后不远处几个原本是来给他加油打气的女孩在小声议论：“哇！何胥洲竟然比阮康时打游戏的时候还要帅，反正阮康时也不是那么好相处，我们不如换个‘偶像’吧。三秒钟内，我要这个男人的全部资料！”

站在阮康时身边、平时跟他一起打篮球的朋友自然也听见了这些话，忍不住戏谑道：“你家胥洲被人惦记上了！”

“一边玩儿去！”阮康时踢了他一脚。

在这样的气氛下，何胥洲竟然一路披荆斩棘地来到了决赛。

决赛一共分为三轮，两个人对抗，三局两胜。

第一局比赛一开始，双方都率先找了遮蔽物挡住自己。

赵毅然毕竟是个老手，首先露出头来引诱对方，他们之间的距离还很远，更何况射程内还都是建筑物，这种情况下几乎不可能打中，所以赵毅然频频探出头来，想要趁机向前逼近几米。

然而，就在他第二次露头试探的时候，何胥洲的枪口中突然射出一颗子弹，“砰”的一声，准确无误地打在了他的身上，赵毅然的血条直接掉了 1/3。

一击即中，还打掉了对方 1/3 的血，围观的吃瓜群众一下子就惊了，纷纷表示不敢相信自己的眼睛。

“这是什么技术啊？这种距离也能射中吗？怕不是装了红外线跟踪仪了吧？”

“竟然能准到这个程度？太夸张了吧！”

好在何胥洲打出了那惊人的操作之后，就好像丢了魂一样，杵在那里，既不躲也不藏。赵毅然反应过来，迅速向前移动了一段距离，朝着他连开几枪，何胥洲的血条掉光。

第一局，赵毅然胜。

阮康时也很惊讶，何胥洲什么时候这么厉害了，这一枪，就算是自己，也不一定打得到。能打成这样，就算最后输了，也不难看。

比他更惊讶的是赵毅然。

虽然这局最后是他赢了，但是赵毅然心里却门儿清，何胥洲刚刚不躲也不藏，根本不是打完之后没有反应过来，而是像在试探自己的实力，简直太有压迫性了。

不是说他是一个从来不玩游戏的菜鸟吗？从刚刚何胥洲开出那一枪后，赵毅然就确信他不是一个新手。

第二局开始，这次何胥洲不再像之前一样按兵不动，而是步步紧逼。来到合适的狙击位置之后，直接一枪爆头，结束了这局比赛。

第三局和第二局几乎一样，在何胥洲面前，赵毅然简直没有丝毫的招架之力。连那些不入流的手段使都使不出来。

惨，实在是太惨了！这一局完完全全就是何胥洲单方面的碾压！

赢了比赛的何胥洲，脸上没什么特别的欣喜之色，好像只是完成了一件稀松平常的事情一样。

他正准备下场，却被赵毅然拦住："你绝对不是一个新手，你说你是不是故意装成一个菜鸟，让我放松警惕，来打败我！圈套，这一定是你和阮康时设下的圈套！卑鄙！"

何胥洲笑了："我有跟你说过我没玩过这个游戏吗？我看你是输不起！"他忽然神色一凛，倾身靠近他，压低声音道，"赵毅然，别总想着搞些小动作害我哥们儿，他有我，你一样输。"

"你……"

何胥洲不再管赵毅然，他来到台下，走到阮康时的身边，就见面前那人正一脸震惊地看着自己。

何胥洲眯起桃花眼，冲着他张开怀抱："知道你心里激动，来，我允许你扑到我的怀里！"

"……你是大神？"

何胥洲冲着他笑了笑："怎么，看着不像？我早告诉过你，我能赢他的吧！"

"可是你之前为什么不告诉我，我还以为你是个菜鸟。"阮康时逐渐回过味来，"你之前都是耍我的吧！"

"没有耍你，我很久之前玩过，但是真的很长时间没再碰了。多亏了你最近的训练，才让我找回了状态。之前没告诉你，是怕万一最后输了比赛，让你失望。

"当然，主要还是因为你教我的时候气鼓鼓的样子实在太好玩了，我就没说。"

事实上，何胥洲是这款游戏最早的那批内测玩家，只不过他一个人打着打着，觉得没有什么意思，后来就不玩了。

对于他的这番说辞，阮康时觉得又气又好笑。

何胥洲挎上他的肩膀："别以为你这样就能逃避请我吃饭。我们说好的，打赢了，我这一学期的早饭你都包了，明天早上请把你的爱心早餐放在我的床头哦！你最好了！"

"可以啊！"阮康时的气还没消，"你放心，明天早上5点，我会准时把早餐给你买回来的。"

"5点？你在开玩笑吧？"

何胥洲对睡眠的要求极高，如果睡不够，整个人一天都会精神不振，灌咖啡都没用。

"当然不是开玩笑，吃完早餐，你再跟我晨跑一圈，锻炼身体。"

"不用你买了。"何胥洲的眼神黯淡了下来，语气有些委屈，"你是故意的，不想买就直说好了，不用这么拐弯抹角的。"

阮康时本来只想逗逗他，更何况，就算没有赌约，何胥洲平时的早饭基本上也都是他带的。

"逗你玩的。你不是喜欢学校西街的灌汤包嘛，明天给你买回来。"

何胥洲抬起头，眉宇间已经带了隐隐的笑意："可不要太勉强哦。"

"不勉强，都是我心甘情愿的，行了吧。"

"好吧，既然你这么真诚地道歉了，我就勉为其难地原谅你，都走到西街了，不介意再多来一碗米粉吧？"

阮康时："……那以后你得好好陪我打游戏，别再装菜鸟气我了！"

"等你手好了，我天天给你当陪练，帮你拿下次比赛的冠军！"

"那不如，我们一起参加比赛吧！"

"现在发现没我不行了吧？"

"嗯。"

End

自闭腼腆
“邦尼兔”
礼貌温柔
小主播

孤独症患者

时间还长着呢——我会陪着你慢慢变得更好的。

孤独症患者

TEXT ▶ 迷野

假文青真怪人，人间迷惑认证。
新浪微博 @ 迷野 Maze

ONE ▶ 一只恐怖邦尼兔

白辰星将玩偶服的头套取下来，瘫坐在窄小的等候区刷手机。他在一家恐怖主题乐园打工，每天的工作就是扮成恐怖邦尼兔在儿童场馆内吓小朋友；如果到了儿童场馆闭馆的时间段，他就要去乐园的广场上给来玩的小朋友们分发免费糖果和气球，无论风吹日晒。

忽然，白辰星看到老板在工作群里发了一条消息："我邀请了'up 主'赵鹤雨于周六下午 2 点到乐园里做拍摄宣传活动，希望各部门积极配合。"

不过两秒钟，儿童场馆的负责人就在他们的小工作群里发了信息："周五晚上全面检查场馆安全设施，并对场馆做最彻底的清扫、消毒工作。"

虽然这些工作他们每天闭馆之后都在做，但看到消息后，白辰星还是不由自主地紧张了起来。

在赵鹤雨刚开始做"up 主"的时候白辰星就关注他了。赵鹤雨经常会测评一些线下的游戏场馆，以恐怖主题的游戏测评最为出名——他的胆子不大，但是粉丝最喜欢看的就是他被吓到之后的反应。

白辰星是看着赵鹤雨的粉丝数一点点变多的，曾经那些孤独而艰

AUTISTIC

难的时光都是通过看赵鹤雨的视频支撑他熬过来的。白辰星觉得自己和赵鹤雨就好像是认识了很久的、相互陪伴的朋友，只是赵鹤雨不知道他的存在。

赵鹤雨年轻，长得也好看，虽然比不上大网红，但现在也算是小有名气。这天的工作结束后，白辰星拿着酒精喷壶和抹布清理场馆，他的同事小姐姐边拖地边兴奋地跟白辰星说："你看群消息了吗？赵鹤雨要来了！我刚才特意去网上搜了一下，他长得好好看啊！说话声音也好听！我之前都没怎么关注过他，但现在我是他的粉丝了！我好激动！"

白辰星听到同事的话，只是腼腆地低低"嗯"了一声，耳朵却已经红了。同事小姐姐看着他低着头的样子，体谅地笑了笑。白辰星患有阿斯伯格综合征，性格十分自闭。他每周都会去看心理医生，已经坚持了几年，现在到了治疗后期。虽然在和他人接触的时候不会有过激的生理反应，但他仍会习惯性地紧张。

其实他很想和同事小姐姐分享关于赵鹤雨的消息，他想告诉她赵鹤雨是个多好的人，是如何的温柔又有礼貌——哪怕被 NPC 吓得四处逃窜，也从没说过一句脏话；偶尔因为游戏场馆太黑而不小心撞到了工作人员，无论多么恐惧，他第一句冒出来的也只会是"不好意思"。

可是，白辰星说不出口。即使同事小姐姐已经算是很熟悉的人了，他还是会因病情影响而对和他人对话感到不适，他甚至都没办法表达出"自己早已是赵鹤雨的粉丝了"这一信息。

白辰星拿着抹布的手停滞了很久，他的心里一片沮丧。

TWO ▸ 不经意的温柔

很快便到了周六，赵鹤雨和摄像师、助手组成的三人小团队在 1 点半左右就抵达了乐园，不那么忙的工作人员几乎都挤到了乐园正门门口偷偷观望，可白辰星却还在儿童馆休息室内和自己的心魔纠缠。

他一边极度渴望去看上一眼；可同时，他又感到深深的恐惧和紧张。

他最终还是放弃了跑去看赵鹤雨的念头，只是在心里不断安慰着自己，反正赵鹤雨要来儿童馆拍摄，总会见到的。

那天下午，白辰星的手机就没离开过自己的视线，他紧紧地盯着微信消息，远程关注着赵鹤雨的行动。

工作群里老板的助理实时汇报着赵鹤雨的行动地点，并让下一个接受拍摄的场馆做好准备。

而闲聊群里员工们正在热火朝天地八卦：

“啊！他笑起来好好看！感觉人好温柔啊！”

“他来了，他来我们场馆了！”

“啊！他人好好啊！在我们场馆拍完，还让助理给每个工作人员都发了瓶水！”

“我也有我也有！帅哥发的矿泉水都比自己买的好喝！”

白辰星只是盯着手机默默笑着，根据自己多年对赵鹤雨的了解，暗自脑补着他的一举一动，却没敢主动在群里发表任何言论。

乐园内有两个特色场馆，一个是情侣主题的场馆，一个是儿童主题的场馆。赵鹤雨在下午5点左右的时候到了情侣场馆进行测评，白辰星看到终于到来的提示消息：“下一个，儿童馆做好准备！”他越来越紧张，感觉自己的心都要随着赵鹤雨的接近从嗓子眼里跳出来了。白辰星一直揪着邦尼兔玩偶服上的毛，却舍不得把手机收起来。

安全起见，天黑之后，儿童场馆就要闭馆了，因此当赵鹤雨抵达儿童场馆时，白辰星刚送走最后一波小玩家。

赵鹤雨已经连着测评了三个场馆，头发有些乱，脸上也出了一层薄汗，但他仍微笑着和每个工作人员打招呼，只是声音显得有些虚弱。

白辰星知道赵鹤雨就在场馆门外，可他不敢把玩偶头套再摘下来，虽然这个毛茸茸的玩偶服十分闷热，可白辰星却觉得躲在里面不被人看到很有安全感。他十分紧张地慢慢挪步到平常埋伏的角落里，早早地等着，攥着糖果拉环罐的手都在微微发颤。

虽然是恐怖主题，但儿童场馆比起其他场馆来说几乎没什么吓人的地方。白辰星听见远处传来赵鹤雨的声音："儿童场馆还是很友好的，我在这里一定不会被吓到，如果我还被吓到，就完成惩罚好吗？

"你们看，这里的光线比较亮，不像刚才体验的那几个馆，什么都看不见，而且这里的地板和墙壁都是海绵质地的，不用担心小朋友磕碰到。

"刚刚有工作人员吓我了哈哈，我都没有尖叫。看来儿童场馆的恐怖元素就是套着玩偶服的工作人员了，玩偶都是卡通形象，还怪可爱的……"

白辰星站在原地，听着赵鹤雨的声音越来越近。他的耳麦里很快传出监控负责人的指挥声："白辰星准备，3，2，1！"

白辰星猛地跳出去，拉响了糖果拉环罐，"砰"的一声炸响，糖果漫天飞洒。透过恐怖邦尼兔的嘴，白辰星看见正在专心讲解场馆环境的赵鹤雨突然浑身一抖，明显是被吓了一大跳。白辰星在玩偶服中暗自偷笑，刚准备转身离开，却一下子被回过神来的赵鹤雨拉住。

白辰星感觉自己的整个身体顿时僵住，他的手心发凉，整个后背都湿透了。他一直默默告诉自己，没关系，还有玩偶服隔着，不会有什么直接的互动。

赵鹤雨拉着他，对着镜头说："刚才没注意周围，被吓了一跳，看来我输了哈！让我们看看这个把我吓到的邦尼兔长什么样，跟大家打个招呼吧！"

白辰星看到赵鹤雨脸上亲和的笑容，忽然觉得自己的呼吸都停滞了，他十分生硬地冲着镜头挥了挥手。

赵鹤雨仍然笑着对镜头说："这些玩偶服都毛茸茸的，很好摸。

小孩不小心撞到也不会受伤，而且我们儿童馆的工作人员都很有耐心，对吧？”正说着话，赵鹤雨突然看向了白辰星。

白辰星立刻用手抓住头套下沿，十分费力地让玩偶点了点头。赵鹤雨注意到了邦尼兔的异样，小声对摄像师说：“你先把镜头关一下吧。”

摄像师闻言放下机器，活动了一下自己酸痛的肩膀。在他休息的时候，赵鹤雨转头关切地问邦尼兔：“你还好吗？是不是不舒服？”

白辰星在玩偶服里冷汗直流，紧张得都快把自己的嘴唇咬破了。他诧异于赵鹤雨的细致和敏锐的观察力，可是他的阿斯伯格综合征让他不知道该如何反应。于是，白辰星只能幅度很大地摇摆着玩偶的头，示意自己没事。

赵鹤雨体谅地说：“是不是太累了？不好意思啊，来晚了耽误你下班。你先休息休息吧。”白辰星有点着急，他想解释自己的情况和赵鹤雨无关，但试着开了好几次口都没能成功，于是他有些灰心丧气地挪步走回自己的休息室。

赵鹤雨则继续往场馆里面逛，跟观众们讲解儿童馆的其他特点。

白辰星一个人闷闷地瘫坐在休息室的地上，没有摘自己的头套。他心里想的是快一点把自己的病治好，这样跟其他人沟通起来就不会那么困难，也不至于总是被误解了。

等到工作结束的时候，负责人让所有工作人员都到外面集合。白辰星看见同事小姐姐已经脱下玩偶服，重新梳了头发还补了妆，可他仍是戴着笨重的头套，不敢摘下来。

赵鹤雨的助理开着游览车送来两箱矿泉水，赵鹤雨正在跟儿童馆的负责人说话。白辰星则默默移到了最角落的位置。赵鹤雨笑着和负责人说完宣传细节，开始给每一个工作人员送水。

他将矿泉水一一交到工作人员手上时，还会微微鞠躬略带歉意地说一声：“辛苦了。”

如果有工作人员问他："能跟你合张影吗？"赵鹤雨都会笑着答应。

赵鹤雨把最后一瓶矿泉水递给白辰星身旁的一个人后，白辰星透过玩偶服看见赵鹤雨看向他的那双眼睛里充满了尴尬和歉意。

很不巧，轮到白辰星的时候没水了。

没等赵鹤雨说话，白辰星便连忙摇了摇玩偶的手，示意自己没关系。

然后，白辰星便看见赵鹤雨很不好意思地冲自己笑了笑，就坐着游览车离开了。

白辰星松了口气，心里难免会有一点小失落，但他也没放在心上，只是跟着负责清理场馆的同事一起又进到了儿童馆内。

白辰星坐在场馆外的等候区，摘了邦尼兔头套，揉了揉自己湿淋淋的头发。同事小姐姐有些担心地对他说："快把玩偶服脱了吧，怪热的。你在这儿歇一会儿，我们进去把场馆消一下毒，你最后拖一下地就行。"

白辰星有些腼腆地点点头，小声说："谢谢。"

同事小姐姐摆摆手，和其他工作人员一起进了场馆内。

整个等候区便只剩下白辰星一个人，这是最让他舒服的环境。他靠在海绵墙上，微微闭眼歇了几分钟，准备脱掉玩偶服进去拖地。

就在他刚站起来的时候，有人从背后喊了一声："邦尼兔！"

白辰星一愣，穿着厚重的玩偶服转了个身，便看见小跑过来的赵鹤雨微微喘着气，停下来朝他走近。赵鹤雨的手里拿着一瓶可乐，然后他一脸笑意地把可乐递给白辰星，礼貌地说："给你。"

白辰星看着这突如其来的可乐有些惊讶，以致于愣了几秒才反应过来是怎么回事，不由觉得心里特别温暖，但他还是胆怯地低下了头。

赵鹤雨笑着说："我跑过来的，可能有点晃，你打开的时候小心一点。"说完，他又小跑着离开了。

白辰星看着赵鹤雨远去的背影十分懊恼，怎么连句"谢谢"都没能说出口？

但他摸着还冰凉凉的可乐，心已经像手里的可乐一样，开心地冒着泡泡。那天他回家的时候，喝着冰可乐，把赵鹤雨的所有视频又齐齐刷了一遍。

THREE ▶ 奇妙的缘分

周日，白辰星照例到心理医院接受治疗，正和心理医生聊着的时候，突然有人敲了敲诊疗室的门。

心理医生看了看手表，对白辰星说：“我让人帮我送份资料，你介意吗？”

白辰星抿着嘴摇了摇头。

诊疗室的门被推开，低着头的白辰星突然听到一声：“邦尼兔？”

白辰星猛地抬头，看见了一脸惊讶的赵鹤雨，他顿时有些手足无措。

心理医生看到了白辰星的反应，问道：“你们认识？”

赵鹤雨笑了笑，说：“不算认识。我把资料给您放到桌子上了。”

说着，他把手里的一沓文件夹放到桌边，还偷偷瞥了一眼白辰星的治疗病历。医生看到了他的小动作，用手臂挡住了桌面上的病历单。赵鹤雨有些尴尬地笑笑，说：“你们先聊，我出去了。”

之后的诊疗，白辰星都有些心不在焉。

医生问他：“你在想什么？”

白辰星皱着眉头：“我想赶快好起来，不想让别人误会我。我害怕他们觉得我不搭理人是因为厌烦他们。我……我其实很想正常地跟别人说话，可是我总是做不到，我总是开不了口。”

医生劝慰道：“我们不是一早就有共识了吗？你这个症状虽然问题不大，但因为时间太长所以需要慢慢来，千万不能心急。你一急，反而会适得其反。”

白辰星有些懊丧地低着头说：“可是我害怕来不及……”

因为他声音太小，心理医生没能听清，等再问他的时候，他却什么都不说了。

医生问："是因为赵鹤雨吗？"

白辰星猛地抬头看向医生，在他柔和的目光下，点了点头，却又很快摇了摇头，说："不光是他，我有很多不想伤害的人。"

医生笑了笑："其实你能恢复到现在的程度已经很好了，慢慢来，一定会克服的！"

白辰星结束治疗，一出门便看见赵鹤雨坐在诊疗室外面的长椅上等着他。白辰星有些惊讶，但他在心里一直给自己鼓劲儿，让自己冷静下来。

赵鹤雨见他出来，笑着站起来从背包里拿了一瓶可乐递给他："你别紧张，我学的专业是心理学，这周一刚到这边来实习，看见你还觉得挺巧的。"

白辰星的左手攥着可乐，右手紧紧地握着左手，骨节都因为过于用力而有些发白，他一直低着头，尝试开口，可愣是一个字都没能说出来。

赵鹤雨看见了他的小动作，往后退了两步。白辰星立刻抬头看他是不是不高兴了，但赵鹤雨仍是笑着的，他十分温柔地问："你的安全距离是多远？我站得远一些，你是不是就能好受点？"

白辰星咬着下唇，心里很受触动。

赵鹤雨指着诊疗室外面的长椅，提议说："坐会儿吧？你坐在那头，我坐在这头，这个距离可以吗？"

白辰星看着那六个座位的长椅，点了点头。

他们两个人坐下后，白辰星看着中间隔着的四个座位，心里十分难过。但那头的赵鹤雨却像毫不在意一样，温和地问："我叫赵鹤雨，你应该知道吧？能告诉我你叫什么名字吗？"

白辰星小声说："白辰星。"

赵鹤雨没有听清："什么？"

白辰星沉默了好一会儿，突然猛吸一口气，鼓起勇气拍了拍自己身边的座位，低着头说："你坐过来吧，我不看你，说话就能好一点。"

赵鹤雨有些惊讶，他刚刚只是扫了一眼病历单，看见了"阿斯伯格"这几个字，但他通过白辰星已经能参与工作的情况猜想，病情可能没有那么严重；可即使是这样，让一个阿斯伯格综合征患者这么快接受一个陌生人也不是件容易的事。

赵鹤雨坐到白辰星旁边，对他说："你感觉不舒服的话就跟我说，没关系的。"

白辰星仍是低着头，说了声"没事"，但眼睛却不敢看向赵鹤雨。他双手紧紧握着可乐，一直给自己默默鼓劲，然后开口道："我叫白辰星。"

赵鹤雨点点头，有些心疼地看着白辰星乌黑柔顺的头发。他看过很多记录阿斯伯格综合征患者的影像，他们的生活非常辛苦，几乎排斥一切社交关系，孤独地守护着自己心里的秩序，因此治疗过程也很艰难。他们需要打破自己坚守的内心王国，再一点点重建起来，这种改变必须要很坚定的人才能做到。

他们沉默了很长一段时间，白辰星一直低着头。忽然他有些紧张地开口："我……我关注你很久了，你的视频账号。"

赵鹤雨有些不好意思地笑了："哎呀，原来是粉丝啊。我做'up主'只是因为兴趣，没想到能获得那么多关注，还挺意外的。"

白辰星又不知道该怎么回答，他有些焦虑地抠自己的手指头。

赵鹤雨又说："噢对了，昨天在乐园拍的视频可能下周二就能剪完，到时候你看看哪里有不合适的，可以跟我说。"

白辰星点了点头，仍是没有说话。

赵鹤雨掏出手机，问："能加你微信吗？如果用手机聊天，你是不是就没这么紧张了？"

白辰星身体微微一僵，他从衣服口袋里掏出手机，解锁后直接递给了赵鹤雨，但眼神仍是回避着的。赵鹤雨接手机的时候也小心地没有触碰到他的手指，以免引起他的心理不适。

成功地加到微信后，赵鹤雨把手机还给白辰星，对他说："那我先走了，我们微信聊。你回家路上小心点儿。"

说完，赵鹤雨便起身往楼梯口的反方向走去。

白辰星长长地松了口气，往座位上一靠，整个后背都是湿的。他打开手机看着自己新加的好友，默默把那个账号设置成了置顶聊天。

FOUR ▶ 轻松的聊天方式

白辰星的家离乐园和心理医院都很近，他每周都过着两点一线的生活，周一到周六是家到乐园，周日是家到心理医院，这个生活模式从未发生过改变。而且因为距离近，他也不需要乘坐任何交通工具，只需要走路。对他而言，不用面对拥挤的人群便能心情放松很多。

这天，当他刚出心理医院的大门，戴着口罩、帽子全副武装地走在回家的路上时，口袋里的手机震动了两下。白辰星立即掏出手机来看，果然，置顶的赵鹤雨发来了两条微信。

第一条是一个邦尼兔的表情包。

第二条是"回家的路上不要玩手机"。

白辰星一愣，立即抬头往楼上看去，医院的玻璃墙反射着刺眼的阳光，根本看不见里面有没有人。但白辰星却心里一软，偷偷笑了笑，回复了一条"知道了"。

正如赵鹤雨所言，网络社交能让白辰星轻松很多，他不会再因为和他人近距离地接触而紧张得喘不上气，而是明显健谈了许多。

赵鹤雨不忙的时候就会主动找白辰星聊天，语气和他现实中一样温柔，这种分寸感让白辰星觉得特别舒服。他经常一个人激动地抱着手机从床上弹起来，然后默默鼓舞自己一定要做一个像赵鹤雨这样的人。

周二，赵鹤雨的视频如期更新。白辰星看见他在其他的恐怖主题场馆里狼狈地被“鬼”追着跑，十分可怜地不停跟 NPC 求饶。有时候工作人员还没开始吓人，仅仅只是出现了一下，就能让四面楚歌的赵鹤雨飞速弹起，“哇哇”乱叫。白辰星被他的视频逗得哈哈大笑。

直到最后的儿童场馆，赵鹤雨看起来才像是如获新生了一般，他对着镜头整理自己散乱的头发，向粉丝信誓旦旦地保证一定不会再被吓到，他的样子显然特别没有说服力，但十分可爱。

白辰星看见视频里的赵鹤雨嘴唇苍白、额头上有一层薄汗，知道他是真的害怕鬼，而不是在做节目效果。他忽然想起那天赵鹤雨强忍着自己的不适，还始终微笑着和工作人员打招呼，觉得有些心疼。

视频播放到最后，白辰星忽然看见了自己扮演的那只恐怖邦尼兔——赵鹤雨后期做了一个文字特效放在旁边，一个箭头指着邦尼兔的头，文字写的是“里面的小哥哥特别帅”！

白辰星有些意外，他没想到赵鹤雨还会在视频里放一个惊喜给自己。他打开微信，工作群里老板刚发话：“赵鹤雨的宣传视频更新了，所有员工都去转发。”

白辰星微微一笑，把工作群的聊天记录截了个图发给赵鹤雨。

赵鹤雨很快就回复了：“你看视频了？太丢人了，我那天都快被吓吐了！”

白辰星见他没提起视频最后的那个惊喜，觉得自己主动问好像也不太合适，便随着他的话问：“你那么怕鬼，为什么还要做恐怖主题的测评？”

赵鹤雨：“就是因为怕鬼才专门去做这种测评，这叫‘脱敏治疗’。”

白辰星看着这句话陷入了沉思，他做了那么久的心理治疗，当然知道脱敏治疗是什么。他忽然想自己试试，如果害怕就多挑战几次，尝试的次数多了说不定就刚好以毒攻毒，治好了他的心理病。

正想着，同事小姐姐忽然在他休息室门口小声问："白辰星你在吗？"

白辰星飞快给赵鹤雨打了一句"我先去工作了"，便把手机收起来，戴上邦尼兔的头套开了门。

同事小姐姐看见一只大兔子头突然出现在眼前吓了一跳，但她很快便回了神，指着手机激动地问："你认识赵鹤雨？"白辰星在玩偶服里闷闷地说："算认识吧。"

同事小姐姐拉着邦尼兔毛茸茸的爪子蹦了蹦，满脸兴奋地说："你看视频了没？他在最后还特意提到你了！"

白辰星有点不好意思："看了。"

同事小姐姐刚想说话，他们的耳麦里忽然传出声音："都回到自己的工作岗位，下一波玩家三分钟后进场。"

同事小姐姐对着白辰星吐了吐舌头，小跑着进了场馆。

白辰星站在原地，用手挠了挠自己的头，他心里有点高兴，以至于发出了几声傻笑自己却没有发现。

FIVE ▸ 最熟悉的陌生人

白辰星用微信和赵鹤雨一直聊了一个多月，但每个周日治疗的时候才能看见赵鹤雨。白辰星一直惦记着脱敏治疗的办法，想主动找赵鹤雨聊聊天，可每次他鼓足勇气想打招呼时，赵鹤雨总是冲他笑着挥挥手，便拿着一堆文件进了某间办公室。

白辰星询问过自己的心理医生能不能用脱敏治疗的办法。心理医生没有反对，但却对白辰星突然的急切感到意外。

白辰星知道赵鹤雨是故意躲着他，为了不让他尴尬，但是又不好意思直接跟赵鹤雨说。

心理医生知道白辰星的小心思，他把赵鹤雨叫到办公室："你认识白辰星？"

赵鹤雨先是一愣，继而温柔地笑笑，说："对，他是我朋友。"

心理医生点点头："看来他最近的积极都是因为你。"

赵鹤雨不太理解这句话的意思，有些疑惑地看着医生。

"白辰星想进行脱敏治疗。"

赵鹤雨微微皱起眉头："这会对他产生什么影响吗？是不是不太好？"

心理医生摇摇头，说："那倒不会。其实交朋友对他而言是个好事，脱敏治疗也会有用，但是需要你的帮助。你不用把他当作你的患者，继续做朋友就行。如果你真的能帮助他攻克阿斯伯格综合征，你的实习报告我给满分，还会帮你写一封推荐信。"

赵鹤雨认真地说："能帮到他就行，我该怎么做？"

心理医生十分详尽地给赵鹤雨讲了白辰星具体的心理状况，还跟他强调了脱敏治疗中应该掌握的分寸、需要注意的问题，以及遇到突发情况的处理办法，等等。

赵鹤雨边听边记了笔记。

SIX ▶ 破冰的一日体验

一周后，白辰星忽然看见赵鹤雨的视频账号更新了一条动态：之前恐怖主题乐园的测评视频点赞过了60万，我已经联系好了乐园负责人，答应你们的惩罚内容是由我扮演NPC，体验一下吓唬别人的感觉！敬请期待！

白辰星一脸蒙地打开微信，乐园闲聊群已经炸了锅，但工作群里却迟迟没有动静。

白辰星问赵鹤雨："你那条动态是怎么回事？"

赵鹤雨回复:“之前的视频反响不错,我想再做一期。这次不收费,你们老板已经同意了,我们现在正商议让我到哪个场馆体验呢。你放心,我肯定去儿童馆找你玩的!”

白辰星再发去消息,赵鹤雨都没有回复了。

两个小时后,老板在乐园工作群里发了一条消息:“赵鹤雨会在本周六到儿童场馆体验一天的 NPC 扮演,相关人员做好准备。”

白辰星感觉之前给自己做的心理建设瞬间崩塌,他已经开始紧张了。

周六,赵鹤雨的三人小团队如期而至。赵鹤雨提前半小时到达,他站在儿童馆门口的时候,白辰星仍是躲在其他工作人员身后,企图让自己变成透明人。

赵鹤雨没有和他打招呼,只是对着他微微笑了笑。

儿童馆负责人让同事小姐姐带着赵鹤雨提前熟悉一下场地,白辰星一个人满脸懊恼地走进自己的休息室。不是说好要进行脱敏治疗吗?怎么真的见到人就不敢说话了呢?白辰星边进行自我反思,边套上了恐怖邦尼兔的玩偶服。

但是没过一会儿,同事小姐姐就领着赵鹤雨的小团队走到白辰星面前说:“他们今天就交给你啦!”

戴着头套,白辰星会觉得有安全感一点,他诧异地问:“我?”

“当然是你啦!粉丝想看赵鹤雨和你互动,你带他的话,播放量应该会涨!”

白辰星心里欣喜与紧张交织,有种说不出来的滋味。

摄像师已经在儿童场馆天花板的位置安装了隐藏摄影机。赵鹤雨在助理的帮助下正在套一件大灰狼的玩偶服。

同事小姐姐见没人注意,在白辰星的头套边小声说:“你先试试,如果有任何问题随时叫我,别硬撑。”

“谢谢。”

同事小姐姐对他们挥挥手，便回到了自己的工作岗位上。

赵鹤雨穿好玩偶服、戴上耳麦，抱着大灰狼的头套特意冲白辰星眨了眨眼。白辰星在邦尼兔头套里感激地笑了，他觉得自己特别幸运，遇到的都是如此温暖善良的人。

赵鹤雨戴好耳麦之后，走到白辰星面前，介绍说："摄像师和助理都是我朋友。这位是白辰星，一个特害羞的帅哥。"

白辰星有些不好意思，举着邦尼兔毛茸茸的爪子挥了挥手，像是在说"你好"。

摄像师和助理也和白辰星友好地打了招呼。

准备工作完成得差不多，助理就先行离开，到场馆外面等他们。摄像师进了白辰星的休息室。

赵鹤雨对白辰星说："为了不露馅，我在外面的部分由头顶那个隐藏机位和你们场馆的监控来拍，休息的部分就得让摄像师拍了。你会介意吗？"

白辰星拽着头套下沿，摇了摇邦尼兔的头。

赵鹤雨轻声笑了笑，开玩笑说："你不会一天都要顶着这个兔子脑袋跟我说话吧？邦尼兔？"

白辰星藏在头套里面的脸已经开始微微发红了，他说："我戴着这个就敢跟你说话了。"

赵鹤雨笑着用自己的狼爪子拍了拍邦尼兔圆滚滚的肚子，逗小孩儿一样地说："好吧，邦尼兔，就给你点时间适应一下吧。中午你就得摘了头套和我一起吃饭啊！"

白辰星答应说："好。"

儿童场馆早上向来没什么人来，赵鹤雨只能对着镜头展示自己的大灰狼玩偶来积累素材。把能拍的素材都拍完后，摄像师就倒在休息室里睡着了。

赵鹤雨和白辰星坐在休息室外面的软海绵地板上闲聊。

赵鹤雨问："你每天都穿着这么厚的玩偶服，累不累？"

白辰星仍然戴着邦尼兔头套，回答说："还好。"

赵鹤雨问："你怎么会找这个工作？喜欢小孩？"

白辰星说："穿着玩偶服就不用接触别人，也不用和别人说话，能让我感觉舒服点。"

赵鹤雨点点头，笑着说："那我也试试。"说着，他便把大灰狼头套戴在自己的脑袋上，对着白辰星幼稚地说，"邦尼兔，大灰狼来了，你怕不怕？"

白辰星被逗得笑了好一会儿。

赵鹤雨很快就把头套摘下，摇着头说："不行，里面太热了。我早上为了见你特意吹了个头，不能把发型搞乱了。"

白辰星有些无奈地笑，心里面暖烘烘的。

赵鹤雨看着白辰星很真挚地说："我觉得这个邦尼兔挺适合你的，每次看见你都能想起这只兔子。"

白辰星咬了咬牙，还是反驳回去："可是这是只恐怖邦尼兔，是吓人的。"

赵鹤雨听了这话莫名其妙便开始笑，而且一笑就停不下来。

白辰星透过邦尼兔的嘴看着他温和的眉眼，心里也十分欢喜。

他们闲了一个上午，终于等到中午吃饭的时候。乐园的工作人员从12点到1点有一个小时的午餐时间，乐园有员工餐厅，只提供中午的餐食。但因为白辰星情况特殊，儿童馆的同事会帮他把饭带回来。

等到赵鹤雨跟着同事小姐姐去到员工餐厅后，白辰星才把头套和玩偶服都脱下来。但刚把这些脱下来，他又立刻戴上了帽子，走到儿童馆外面的遮阳伞下坐着玩手机，等同事吃完饭回来。

当一份盒饭摆在他手边的时候，白辰星还愣了一下，怎么今天同事带饭回来的时间早了这么多？

白辰星转头一看，赵鹤雨一脸笑意地坐在他旁边的椅子上，又从袋子里拿了一份盒饭出来，说：“我陪你吃吧？”

白辰星的脸肉眼可见地红了。他低下头，又压了压自己的帽檐，才慢慢地打开赵鹤雨帮他带回来的盒饭，沉默不语地扒拉着。

饭很快吃完，赵鹤雨起身说：“我帮你把饭盒扔了。”

白辰星很费力地才说：“不……不用，我……我来吧。”

赵鹤雨轻声笑了笑，温和地说：“好。”

感觉到他的离开，白辰星才觉得自己像是被从封印里解救出来了一样，恢复了正常行动的能力。

只是他把垃圾扔到垃圾箱里，又用纸巾擦拭了户外的桌面后，赵鹤雨又突然出现在他的面前。白辰星猝不及防地和赵鹤雨对视了好几秒，直到一瓶可乐挨到自己脸上时才回过神来。白辰星猛地低下头，伸手接过面前的可乐，说了声“谢谢”。

赵鹤雨看到白辰星红透了的耳朵，笑了笑，压了压他的帽檐，微微弯腰在他耳边低声说：“这是我第一次仔细看你长什么样子，真的挺像兔子的。”

白辰星皱着眉，紧紧地闭着自己的双眼，却始终不知道赵鹤雨是在夸他还是单纯在开玩笑。

赵鹤雨像是心情很好，连温柔的语气中都带了些笑意。他说：“邦尼兔，我们先进去吧。他们好像吃完饭回来了。”

白辰星往员工餐厅的方向看了一眼，果然有大批的员工都在往回走。白辰星拿着可乐进了场馆，回到自己的休息室里。

下午，来玩的小玩家一下子就多了许多，赵鹤雨和白辰星几乎每过十五分钟就要接待一波玩家。赵鹤雨和白辰星双面夹击，白辰星拉响糖果拉环罐，赵鹤雨便“嗷呜”一声跳出去吓小孩。小朋友们被逗得咯咯直乐。

大概在下午 5 点左右，一个年纪特别小的小孩和妈妈一起进来了。赵鹤雨和白辰星照例跳出去吓唬他，可这个小朋友却没有笑，他直愣愣地盯着大灰狼看了好一会儿，突然放声大哭。他的妈妈赶紧把他抱在怀里安慰，但是毫无作用。

赵鹤雨也有点难办，他走上前想安慰安慰这个小朋友，可这个小朋友看见大灰狼反而哭得更厉害了。站在一边的白辰星看着赵鹤雨上前也不是，后退也不是，便走到他身边，把他拽到自己身后挡住，然后尽力清晰地说："这位家长，麻烦你先把孩子抱出场馆，这次的票会免费补给你。"说完，白辰星还用毛茸茸的爪子从邦尼兔前面的大兜里掏出一把糖给小朋友。

小朋友的妈妈不停地给白辰星和赵鹤雨道歉，说是孩子很怕大灰狼才会哭得这么厉害。

等那位妈妈抱着孩子原路返回到场馆外，赵鹤雨才把头套摘掉，十分挫败地叹了口气。白辰星也从兜里抓了一把糖果递给赵鹤雨。

赵鹤雨接过，却笑着夸他："你刚刚好厉害啊！"

但是白辰星却突然腿软一般地跪了下去，又因为玩偶服是个小短腿，白辰星一跪，便连带着整个人都突然趴在了地板上。

赵鹤雨被吓了一跳，以为白辰星晕倒了，连忙把他的头套摘了，检查他的情况。

只见白辰星的眼睛还是睁开的，只是有些发愣地盯着地面，他很紧张地大口喘着气，怔怔地问："我刚刚那么说会不会太凶了？"

赵鹤雨见他没事才松了口气，剥了颗糖塞到他嘴里，鼓励说："不会，你刚才处理得很好。"

白辰星不假思索地嚼了嚼嘴里的糖，酸甜的味道肆意冲撞着他的整个口腔。他有些缓过劲儿来，不好意思地开口："我起不来了，你能不能扶我一下？”

赵鹤雨没忍住笑出了声，他把自己的手从玩偶服里抽出来，架在邦尼兔的手臂底下，扶着白辰星起来。白辰星这次没戴头套，可他好像还处在愣神的状态里，完全没有反应过来，直到他看见赵鹤雨近在咫尺的脸才后知后觉地闪避开来。

赵鹤雨把邦尼兔的头套捡起来，动作轻柔地套到白辰星的头上，说：“这次还行，你没那么抵触了。”

白辰星在心里默默点头，看来脱敏治疗是有很大效果的。

SEVEN ▸ 夜晚的温柔星辰

儿童场馆7点闭馆，赵鹤雨的一日体验结束后，仍是给每个工作人员都送了瓶水，而且这次还是没有白辰星的份。但白辰星知道，这次他是故意的。

清扫场馆的人员名单里没有白辰星，他可以直接下班回家。但当他换完衣服走出去的时候，看见赵鹤雨坐在等候区内。

白辰星压了压自己的帽檐，低着头走近。

赵鹤雨笑着说：“我被摄像师和助理抛弃了，你能陪我吃个晚饭吗？”

白辰星微微皱了皱眉头，因为他已经习惯了两点一线的生活方式，如果突然去到一个新的地方，会让他十分不安。但赵鹤雨好像能看穿他的内心一样，立即补充说：“我看乐园里的那个餐厅不错，上次来都没去成。”

白辰星微微放松下来，答应了一声“好”。

乐园餐厅里人很多，但赵鹤雨好像是提前预约过了，直接把不适的白辰星带到了最角落的位置，还用自己的身体挡住了他一部分视线。

简单地吃过饭，赵鹤雨和白辰星坐在户外的休息椅上，看着晚上乐园“百鬼夜行”活动亮起的诡异灯光。赵鹤雨开口说：“你的状况比我们第一次见时好多了。”

白辰星说话间仍要躲避视线，他扣着鸭舌帽，“嗯”了一声。

赵鹤雨像是想起了什么高兴的事，笑了笑。

白辰星偷偷侧头看了他一眼，却见他抬头看着夜空，眼睛里闪烁着光芒。白辰星顺着他的视线也向夜空看去，城市中的夜晚已经看不到大片璀璨的星星了，但仍有几颗零星可见的星星点缀其中。

赵鹤雨轻声说：“邦尼兔，我学了将近四年的心理学，主要研究的课题就是孤独症。我一直觉得这是所有心理学科目里最美的一个名词，孤独。孤独的人会有一个极其震撼的内心世界，他们独享着那个世界，不愿意让别人走进。但就像是天上的星星一样，每一颗星星都是一个孤独的个体，都能发出自身的光芒。所以你不用着急融入整片星海，自己舒服就行了。”

白辰星低着头沉默不语。

赵鹤雨看着他，温柔地说：“我毕业论文的主题定了。”

白辰星低声问：“什么？”

赵鹤雨笑着说：“孤独症患者治愈后的就业问题。”

白辰星不知道赵鹤雨想说什么，但赵鹤雨很快便补充说：“所以我日后要麻烦你的地方可多着呢，我有一大堆问题要咨询你。你会帮我忙的吧？”

白辰星点了点头。

赵鹤雨笑着说：“所以啊，我们来日方长，我会陪着你慢慢变得更好的。你不需要给自己那么大的压力。”

白辰星觉得自己的眼睛有些湿润，鼻头也酸酸涩涩的。

赵鹤雨说：“以后还请多多指教。”

白辰星低声回应：“嗯，多多指教。”

End

“美强惨”
研究生
不务正业
电竞天才

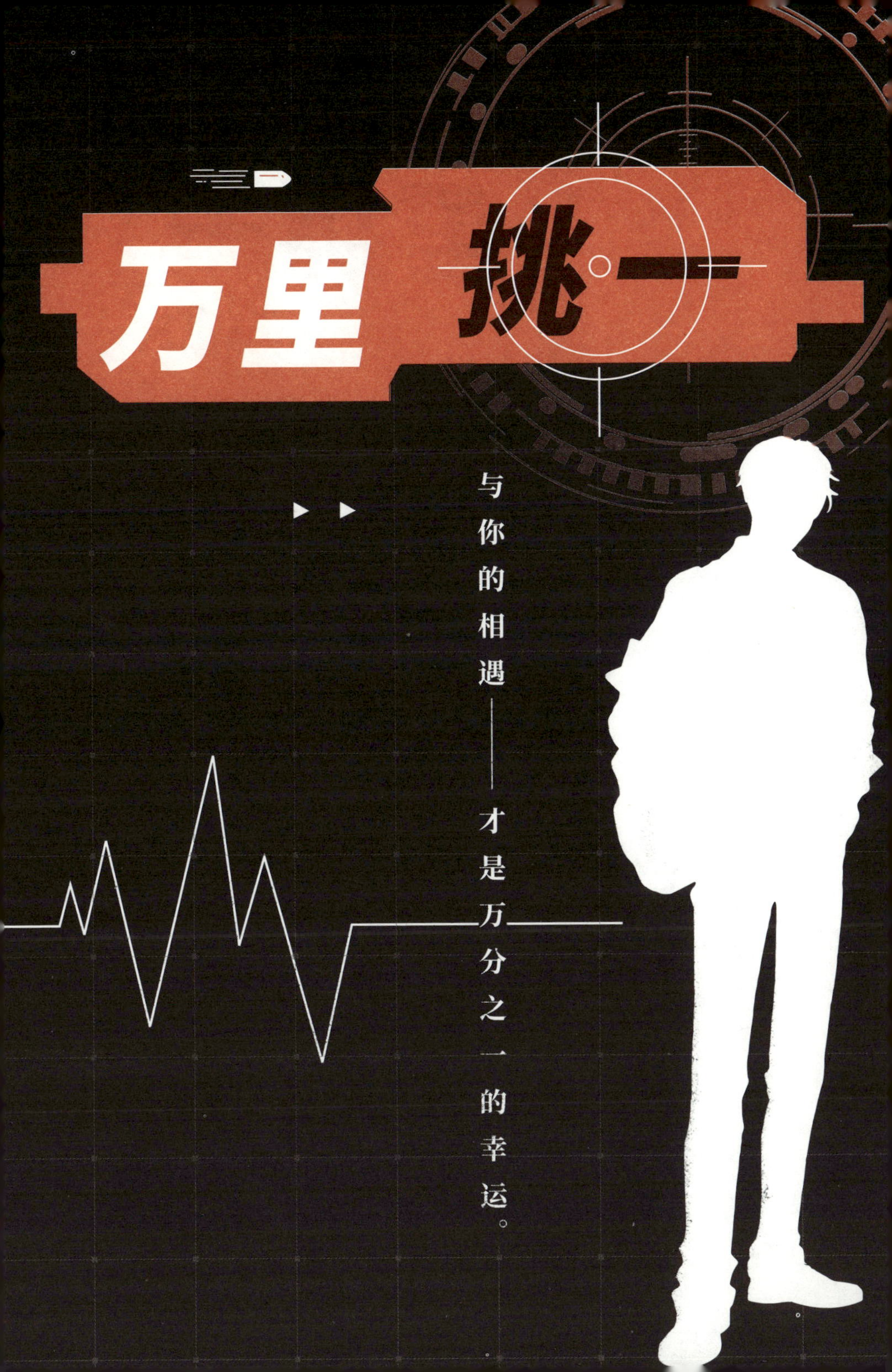
万里挑一
与你的相遇——才是万分之一的幸运。

万里挑一

TEXT ▸ 本人本人本人

想要在长满可爱故事的小院子里，种出一棵快乐的小草！

01

百年名校F大，坐落于华东的经济中心S市。

顾池行走在校园里，穿着短袖，踩着凉拖，脖子上淌下汗水。

“好晒啊。”他嘀咕着，抬头看去，刺目的阳光穿过马路两边茂盛的榕树，在红砖铺就的地上落下一个个不规则的光斑。行人一走过，光影便落到他们身上，空气中也充盈着木兰花的香气。

顾池把斜挎着的黑色大包换到另一侧，包里装的东西太沉，勒得他肩膀有些痛。他顺手捋了下头发，把刘海拢到脑后。

周遭不时有人把目光停留在顾池的身上，他却并没在意这些打量。任谁染一头浅得发白的金发、背着装得下小孩的浮夸大包行走在校园里，都会吸引不少目光。更何况，顾池长得还算不错。

他环顾四周，目光锁定了一位看起来比较和善的女孩，上前搭话。

“学姐你好，我是F大的学生。方便问个路吗？”说完，他有些不好意思地笑了笑。

那女生一愣，看着眼前的小学弟，一头浅金色的头发，高挺的鼻梁，眼睛细长。本是凌厉的长相，但笑起来的时候眼睛眯成一条缝，乖得不行。于是女生也笑着点头："可以啊，你去哪儿？看你这模样，还以为是哪个公司的小明星呢！"

"学姐这是在夸我咯？"顾池闻言，嘿嘿一乐，问道，"这里是研究生公寓？"

"对。你要去本科生院？"

顾池摇摇头，轻笑："不。就是要来这儿。"

谢过了学姐，顾池顺着她指的近路走到了研究生公寓的门口。

研究生的宿舍条件比本科生好了不知多少倍——学校单独开辟一个园区，建了设施齐全的公寓式大楼，又种下了不少花草，设计得像遗世独立的公园。

公寓楼正对着一块红砖空地，正中摆着一个大理石高台。这高台有些讲究，是为放置知名校友赠送的青铜雕像而建的。高台上书老校长墨宝——"诗情"两个大字。后来，雕像搬进了纪念馆，只留下空空的台子和经常被误念为"情诗"的金字。

此台也就被戏称为"情诗台"，经常有学生在上面摆蜡烛表白。

顾池走到台子边，把沉甸甸的黑包往上一放，一件件地拿出里面的东西——一台便携式音响和一个手持喇叭，然后开始调试设备。

正值午休时段，园区人本就多，顿时就吸引了不少路过的学生驻足围观。

"同学，表白吗？牛啊。"一个男生在旁边笑嘻嘻地起哄。

顾池没应声，神秘莫测地一笑："你猜呢？"

立刻有女生接话："同学，你看着挺小的，是本科生吗？"

顾池点点头："嗯，我大二。"

围观的人渐渐增多，终于有人看出了问题所在："学弟，你是不是搞错了啊？19号楼是男寝啊！"

"没错，就是这儿。"顾池平淡地答道。

人群一片哗然，说什么的都

有，看热闹的人群越发壮大。不乏有人吹几声不怀好意的口哨，顾池也一笑置之。

“喂喂。TEST，1，2，3。”

一切处理完毕，顾池举起扬声器试音量。周围的同学早就等得不耐烦，见他终于出声，都开始欢呼。

“嘘。”

顾池眯起眼睛，向四周的同学比了个噤声的手势。人群颇为配合，马上安静下来，好像这寝室楼下小小的“情诗台”，是他的个人舞台。

他轻声笑了，再度举起扬声器。

“纪清和学长。

“计算机系硕士二年级的纪清和学长。”

顾池举着扬声器，用整个研究生园区都听得清的音量，一字一顿、吐字清晰地说：“你这个混蛋！”

四周的人群炸开了锅。本以为围观的是一场表白戏码，却没想到是寻仇？而且寻仇的对象，竟然还是纪清和！

F大的学生，哪个没听说过计算机系的纪大仙儿呢？

抛开成绩和年年获得奖学金不说，光是本科阶段带领学校队伍拿下了ACM-ICPC竞赛的全球冠军这件事，就够校园内各大媒体平台大书特书几个月了。

这样的“神仙”，到底怎么得罪这位学弟了？

顾池似乎没发觉周围的躁动，他一手举麦，另一只手撑在“情诗台”上，斜倚着身体，开始和身旁人互动：“各位学长学姐想必都认识纪清和吧，不认识的我来给大家介绍一下。

“纪，年纪不小的纪；清，清汤寡水的清；和，和稀泥的和。”

四周爆发出一阵大笑，顾池慢条斯理地向着笑声最大的方向比了个心，接着说：“纪清和学长，我想你应该听到我说话了吧。那么，接下来的三点是我的控诉：第一，你胡乱判分，全靠主观臆断，一点都没有工科生的严谨性；第二，你对待学姐没有礼貌，对待可爱的学弟更是冷漠无情！”

说完，他还故作腼腆地笑笑，生怕别人不知道这位“可爱学弟”是他本人。

“第三嘛，你吃了我一顿饭然后转身就跑！纪清和，你还我饭钱！

“纪清和你听到了吧，如果你不给我一个交代，那么从今天开始直到期末，每天中午 12 点，我都会准时在这儿等你哦！”

02

事情要从上学期期末说起。

顾池打完比赛，拎着喝剩的半瓶冰水晃晃悠悠回到寝室。

舍友马哥从上铺探出头来：“又赢了？”虽说是问句，但是语气颇为笃定。顾池点点头，“嗯”了一声。

舍友问的是《荣耀》——现在最流行的 MOBA 类手游，顾池是小有名气的 S 城区第一刺客。所谓第一刺客，就是指刺客类角色全精通，因为一些传说，荣耀里的刺客玩家格外多，所以第一刺客的名头也就更有威慑力一些。

马哥咂咂嘴：“不错，赢了奖金请吃饭吧。欸，全场女生又疯狂尖叫了吧？”

顾池乐了：“我怎么说也是系草的水平，得撑住咱校的脸面啊。”

马哥翻了个白眼，听出他在嘲讽自己，但看见人家那张脸，也着实回不了嘴，只好阴阳怪气：“那我还得多谢了你撑住 F 大数学系仅存的颜面咯？靠打游戏？”

顾池颇为受用地眯起眼，点了点头。

“你可要点儿脸吧！”马哥顺手拿起枕头冲着顾池的脸就扔了过去。

顾池灵巧地避开，有些嫌弃：“你这枕头洗没洗啊。”说着笑嘻嘻地坐在了一旁的凳子上。

“行了，少贫嘴了。程序设计的成绩出来了，还没查呢吧？班级群里已经一片哀号了，据说最后那道特别变态的压轴题，一个做对的都没有。”

顾池想了想，才意识到今天查成绩。他拿出手机翻起来，嘴里还念叨着：“稳住不慌，我这次肯定不挂。”

“常在河边走，哪有不湿鞋！小心点做人吧。”

马哥说这话是有道理的。顾池性子跳脱，不喜欢沉闷的学业，再加上大多数时间都花在了游戏上，成绩是不怎么样的。但是，他对数学天生敏感，这种天赋让他总是能在考试时算出几道别人算不出的大题，拿一个堪堪及格、不用挂科的低分。

谁料顾池滑动着手机屏的手突然顿住，脸上的表情一瞬间变得僵硬。马哥心里升腾起不祥的预感：“喂……不是吧？”

顾池抬起头，无奈地苦笑：“你这嘴开过光吧。”说罢扬扬手机，一个绿色的“40分”出现在界面上。

没过多久，辅导员的电话就打了进来，对着顾池便是劈头盖脸一顿骂：“顾池，我看你真是玩飘了。平时我就不说你什么了，居然挂科？你想不想毕业了？！”

辅导员不比他们大多少，但很认真负责，因此大家私下都叫她学姐。顾池因为在外面参加的各种比赛战绩相当不错，算是为学校拿下了不少的荣誉，所以是徐学姐的重点关注对象。

说起来，徐学姐还曾向他暗示过，若是不打算进职业队，与其一直打次级比赛混奖金，倒不如好好学习争取保研。

不过每次她一提这件事，就被顾池打哈哈岔过去了。

“有了挂科记录，别说是保研了，正常毕业都困难！顾池，这道理你别跟我说不懂。”徐学姐显然被气得不轻。

顾池还是蒙的，但心里知道学姐是一心为他好，只好赔着笑解释：“学姐，我真不是故意的，我也不知道怎么会这样。你消消气。”

“真的？”徐学姐骂完，气消了不少，“你自己考的试，你不知道怎么会这样？”

顾池道：“对。最后一道大题有30分，所以我前面做了40分的题就交卷了，以为至少能及格的。”

学姐冷笑："我听说最后一道题咱们班根本没有人做对。我早告诉过你，凡事别那么自信。"

谁知顾池正色："不，我做的肯定是对的，这点我能确信。"

学姐一愣，这倒是顾池的风格。她思忖片刻，一咬牙说："难不成是成绩录入出了问题？这样吧，我来替你联系一下助教，看看到底是怎么回事。"

"谢谢学姐！"顾池笑得没心没肺，好像挂科的不是他一样，反过来安慰辅导员，"学姐你也别太着急，总会有办法的。"

辅导员苦笑，恨不能戳他脑门："心真大，还笑呢。"

没过几天，徐学姐费了些心思，联系到了负责批改期末试卷的助教，左思右想，决定拉着他和顾池一起吃顿饭。

"顾池，来。这位是纪清和，批改你论文的助教老师。"辅导员笑着介绍。

顾池不动声色地打量着这位学长。他不是那种让人惊艳的帅气，但五官组合在一起却格外耐看；他穿着一身基础款，衬衫洗得有些旧了，边角皱了起来，有种清苦书生的味道。

还挺好看。顾池在心里想。

于是，他飞快收敛目光，伸出手，笑得乖巧："老师好。"

谁知纪清和只敷衍地握了一下手便抽开，手指尖的冰凉转瞬即逝，平静道："不用叫老师。没拿那份工资，也没干那份活儿。"

顾池没反应过来，手还尴尬地悬着，纪清和却已经找座位坐下了。顾池和辅导员对视一眼，都从彼此的眼神中看到了不知所措。好在顾池也不是一般人，乐呵呵地补了一句："那叫学长吧，学长好。"

纪清和轻轻点点头，旋即问："找我有什么事？"

徐学姐忙道："还没上菜呢，菜上来再说吧。"

纪清和轻轻蹙起了眉，似乎在思考该说些什么。顾池却敏锐地察觉到了他的意思：如果是请他做不愿意做的事情，那他不会吃这顿饭。

这人还挺有性格。

顾池轻笑着打破了尴尬，开口道："学长，我是本校数学系大二的学生，这学期选了你负责的 C++ 程序设计。我叫顾池。"

"嗯。我对你有印象。"纪清和半垂着眼，说话很平淡，不知道在看些什么，也不知道在想些什么。

"是这样，这次期末考试的最后一道大题，我是哪里做错了吗？"

顾池本以为他需要看看试卷，所以特意把打印版带在了身上。但纪清和只是略一回忆，便说："没什么大问题，运行都是正确的。"

他的声音清清淡淡的，叫人听不出来是褒是贬。

顾池听他这么说，竟也不急，反而来了兴趣："那学长，为什么给我这题零分呢？"

纪清和闻言，一挑眉，似乎有点惊讶："你不知道吗？"

"请学长赐教。"

"你的方法太笨了。"纪清和直白地说。

"啊……"饶是顾池也没想到会得到这样的答案，一时不知道该说什么好。

学姐拢了下头发，赔笑着问："纪同学，对于本科生来说能做出来已经是不错的了，你这样是不是有些太严格了呢？而且，就算是方法不好，也没必要把分全扣掉吧。"

谁知纪清和仍是那副语调，说道："不是这样的。"说完抬眸，似有若无地瞟了眼一旁的顾池："你的数理逻辑能力非常强，让人称奇。如果我没猜错，最后这道题背后的运算逻辑，你应该很快就看透了吧。"

顾池没想到他能说出这点，一时没反应过来，下意识地点了点头。

"这就对了。"纪清和喝了口茶，语气里却带上一丝不易察觉的讽刺，"但是你对编程完全是一窍不通。你只不过是把你头脑里的运算步骤翻译成了计算机语言而已。恕我直言，这着实称不上是编程，只是投机取巧罢了。”

说完，他站起了身：“我的评分结果不会更改。如果没有别的事，就告辞了。”也没等二人回话，起身就走。

顾池没想到变故陡生，蹙起眉起身去追纪清和，却被辅导员拽住，只得坐了回来。他脸色不太好看，刚才对纪清和产生的那一点微薄的好感也烟消云散：“学姐，这人怎么当上助教的？一点礼貌都不懂！你是他学姐，他怎么能不打个招呼起身就走呢？”

原来顾池在意的是这事，学姐也无奈。饶是知道顾池的性子，她还是长叹口气：“你就心宽吧！还管什么礼貌不礼貌，你这挂科可改不了了！”

顾池想了一会儿竟然道：“嗯……但他说得也没错。”说完又笑了，补了句，“学姐，你不觉得，这个传闻中的纪仙儿，有点意思吗？”

辅导员还没等说话，却见顾池表情转为严肃：“不过啊，对这种目中无人的人，还是得小小报复下！你说是吧，学姐？”顾池说完，眯起眼笑了，露出尖尖的虎牙。

当时的学姐自然预料不到之后发生的风波，只是敲着桌子念叨：“你啊，不给我添乱就成了。”

这才有了开头的那一幕。

03

纪清和正准备午休，却被室友一脸兴奋地拽到了窗边。

“纪仙儿，你快看。好像是找你的。”

纪清和顺着他所指的方向往下看，就见人群簇拥着一个少年。午后的阳光照在他白金色的发梢上，整个人都散发着光芒，是那种在万人之中，也能一眼被人发现的耀眼所在。

因为隔得太远，看不清眉眼，但纪清和直觉那人脸上带着挑衅的笑。半晌，纪清和想起来楼下那个人是谁了。他把耳塞摘下来，转身出门。

身后舍友喊他：“纪仙儿，干吗去啊？”

“照他说的，‘交代’一下。”纪清和说。

顾池看到要找的人下了楼，笑嘻嘻地说：“纪学长终于下来了？真是比小女生还难哄啊。”

纪清和一听这话，脸色顿时变得很难看，可还是隐忍着没说话。

“学长怎么不说话？脾气这么好呢。之前你可是有理有据的就为了让我这个可怜的小学弟挂科，现在突然变大度了？”

围观群众不明所以，但是害人挂科的学长准不是什么好人，纷纷开始指责纪清和。

纪清和面子上终于有些挂不住了，他感受到了屈辱。他沉默着看了一眼顾池，对方依然笑嘻嘻的，一副潇洒张扬的样子。于是，纪清和走过去给了他一拳……

结果便是两个人因为打架斗殴，一块儿被宿管抓了，扭送去了教务处，被罚写千字检讨。

但对二人来说，千字的检讨不是最困难的，最难熬的是在教务处门口边写边被人围观的尴尬。

两个长得不错的帅哥，肩并着肩趴在教务处门口写检讨，不时有路过的女生一阵叽叽喳喳，旋即暧昧地笑作一团，然后捂着嘴跑开。

两人只好谁也不看谁，站得远远的。

检讨写完，顾池被学姐领走了；纪清和却因为助教的身份，被记了大过。

“喂，我们扯平了哦。”这是临走时顾池跟纪清和说的话。

纪清和没理他，转身离开。

事情到此告一段落。

这学期顾池仍选了一门计算机学院开的课，但助教却意外的不是纪清和。两人的生活轨迹并不重合，顾池没再见过纪清和了。

只是偶尔，顾池会遇到研究生院的学长学姐们。他们总是指着他笑着介绍说：“这就是害纪仙儿吃处分的那个小孩。”

他们的语气只是惊讶，却无

恶意。看来纪清和没在背后说他坏话。

一个学期匆匆过去，顾池心大，几乎就要忘了曾有过这么轰轰烈烈的挂科与打架经历了。

如果不是再次遇到纪清和。

崭新的学期刚刚开始，顾池去办公楼找老师签《荣耀》比赛的假条。可是坐电梯到了所在的楼层，才发现自己忘了问房间号。无奈之下，他只好一间一间地找。

走到一个拐角处，最里面是一间独立的单人办公室。门敞着，里面传出人声，听声音应该不是他要找的人，顾池便转头准备离开。

谁知房间里却传来一声悠悠的长叹：“纪清和，你有没有想清楚你在做什么？”紧接着，便是一阵剧烈的咳嗽。

熟悉的名字在耳旁响起，顾池鬼使神差地站住了脚，屏住了呼吸。

“老师，是我的错。您别着急。”房间里，纪清和的声音依旧清清淡淡，但却听得出尊敬与担忧。

顾池第一反应是，纪清和，你这不是能好好说话的吗。接着才是好奇，号称学业全能的纪清和，究竟干了什么不得了的事让老师发这么大的火？

顾池换了个位置，确保自己不会被发现后，蹲在墙角专心致志地偷听。

“我上个月给你留的作业，你写了吗？每天昼夜颠倒，过的是什么日子？纪清和，你有天赋，所以更不能浪费时间。”

房间里沉默了一会儿，才听到纪清和说：“抱歉，是我没处理好私事，挤占了学习的时间。”

私事？顾池腹诽，还以为纪仙儿这种人把全部时间都用来学习了呢！

老师语气也缓和下来：“我听人说你这几个月接了不少商单？去给谁写程序了？”

“一个游戏公司，老师。”纪清和毕恭毕敬，“叫荣耀，我去给他们做一些小的 bug 修复。”

顾池心里想，嚯，原来还是

老熟人。

“嗯。”门内的老师似乎点了点头，又叹了口气，“你的能力，做这些实属屈才。怎么，着急去工作？”

“不是的，老师。”纪清和的声音一如既往平静，“这学期的住宿费还没有交上呢。更何况，还有欠下的钱……”

顾池心“咚咚”地跳，感觉自己发现了不得了的秘密。

毕竟纪清和这样的人，本该是天之骄子，各大公司都抢着要的人，居然会因为缺钱而去打零工，甚至耽误了学业，这简直可以登上“F大令人费解新闻”榜首。直觉将他引向了一种不妙的猜测：莫不是自己引起的那个处分，让纪清和做不成助教，拿不到助教的工资，才要打这么多零工赚钱？

果不其然，导师开了口：“我早劝过你，凡事都不要冲动。”

顾池心跳得更快了。其实，学校里早有类似的传闻，只是顾池一直对此嗤之以鼻。在他看来，纪清和那样的人，怎么会因为自己就停滞不前呢？

思绪跑得太远，顾池没意识到自己已经偷听了很久。直到办公室的木门一阵响动，他才匆忙回神，想走却是来不及了。

他和纪清和，面对面，对视了一眼。

“你怎么在这儿？”

纪清和的脸色不太好看，眼下有一层淡淡的青灰，但神情一如往日的冷淡，微微挑眉以示惊讶，不过也仅限于此。他甚至没等顾池开口解释，便蹙着眉错身走开，看也没看他一眼，仿佛眼前的不是活人，而是一尊挡路的雕像。

顾池无暇思索，立马跟上他。纪清和加快步子拐进了楼梯间里。

“纪清和，你等我一下！”

顾池忙推门跟进去，只见纪清和整个人蜷缩在楼道的角落里，轻轻颤抖着。顾池吓了一跳，仔细一看，才发现纪清和面色苍白，额上渗出细密的汗水，似乎在极力忍耐着。

“学长，纪学长你怎么了！身体不舒服吗？”顾池跑到他身旁蹲下。

纪清和抬起眼，看清来人，似乎放下心来。

“嘘……小点声。”他声音有些抖，“别被老师听到了，他会担心的。”

顾池一愣，压低了声音：“那学长，你哪里不舒服？我送你去校医院。”

纪清和半垂着眼眸，睫毛细微颤动，轻轻呢喃一句：“你把头发染黑了啊，我都没认出来……”随后身子一软，晕了过去。

顾池赶忙接住他，搂着人不知所措。恍惚了一会儿才反应过来纪清和说了什么，揉了揉头发，自言自语：“嗯，长得太快了。”

因为纪清和之前的叮嘱，顾池并不敢喊人帮忙。他来不及思索，就背起人往校医院跑去。好在校医院和教师办公楼是连通的，不然顾池背着纪清和在校园里跑，一定又会登上校园论坛。

到时候，纪清和可能会杀他灭口。

04

“喂，顾池，你去哪儿了？比赛还有5分钟开始了！全场都在等你！”

来电的是老马。

顾池靠在校医院的白墙上，裤子沾满墙灰：“我不去了。你帮我跟他们说一声。”

“你开什么玩笑？”马哥吼得震天响，顾池不得不把手机拿开，“你说不去就不去了？人家花了多少钱请你，你心里没点数吗？提前那么长时间做预热，你自作主张就不去了？”

顾池揉揉太阳穴，没回话。马哥意识到他情绪不对，试探道：“你在哪儿呢？”

“医院。”

“啊？怎么回事儿？你生病了，还是受伤了，严不严重啊？”

“不是我，是我的……”顾池转头看了看房间里紧闭双眼的纪清和，犹豫半晌才道，“我的一个朋友。”

“少废话，你哪有什么我不认识的朋友！”

马哥一副打破砂锅问到底的样子，顾池无奈地揉揉眉心：“不说这个了，有件事问你。”

“啥事儿？”

“我好像……”顾池皱着眉，不知道怎么开口，“我好像做错了一件事。”

“啊？哥们儿，你该不是对不起哪个小姑娘了吧，这可不行啊，我跟你说！”

“什么小姑娘。不是小姑娘，是……算了！和你说不通，挂了。”说着，他烦躁地拿开手机。

“哥们儿！你要是真做了什么对不起别人的事，可得好好补偿人家啊——”

“啪。”顾池挂断了电话，马哥的大嗓门却强行抵达了他的耳膜，震耳欲聋。

补偿吗？

纪清和醒过来时，眼前一片白。

他动动手臂，发现不怎么利落，想要抬起手来看看。

“别动。针会掉。”

一个人出声制止了他。纪清和才发现自己的手背上挂着针头，循声望去，顾池正抱着手臂坐在不远处看他，脸上的神色有一些古怪。

好在纪清和并没在意顾池脸上细微的表情，他的记忆渐渐回笼，想起来自己是昏倒了，这才觉出一点奇怪：在他的认知里，这个张牙舞爪的小学弟应该还挺讨厌他的？

纪清和正思忖着如何开口，顾池先说话了：“想问什么？我送你来的，没人发现。你有胃炎，昏倒是因为低血糖，吊的水是葡萄糖。”

纪清和因这一连串的答话愣了下，还不太清醒的脑子慢悠悠地消化完信息，又怔了一会儿方才点头：“谢谢。”言下之意是“你可以走了”。

顾池倒是不乐意了，他“噌”地起身，把凳子往后一踹，凑到纪清和身边：“喂，大哥你不是吧，这就完了？你吓死我了知道吗？”

顾池倏然凑过来，距离很近，纪清和甚至看得清他眼下的小痣。过近的社交距离让纪清和浑身别扭，于是不动声色地往后靠了靠，选择了沉默。

房间又安静下来，顾池方才意识到自己似乎离得太近了，后知后觉砸摸出两人间升腾而起的尴尬。

可顾池的天赋技能便是无视所有场合的气氛，全然看作是自家主场。他拉出床边的凳子，顺势坐在了纪清和身边。

就在这时，校医推门进来，满意地点点头：“醒了就好。”

她看了眼吊瓶，给纪清和把针拔下，颇为严肃地盯着他：“同学，你得按时吃饭知道吗？这都第几次来校医院了。”

纪清和轻飘飘地点头，礼貌又疏离：“老师，我会的。”让人一听就知道他当了耳旁风。

校医皱起眉，欲言又止。

顾池适时接过了话茬，一脸乖巧：“老师，您说他总来这里吗？”

校医仿佛找到了出气口，一股脑儿把纪清和三天两头因为不按时吃饭跑医院的事抖落了出来。顾池一件件听着，不时点头应和，只装作没看见身旁的纪清和用力攥紧了床单的手。

校医桩桩件件地数落完，心情平复了不少。他打量着正听自己讲话的顾池，觉得这孩子看着比另一个乖巧多了，就拍拍他肩膀：“同学，你是他朋友吧？记得要他按时吃饭！”

“老师，他不是我……”纪清和立马反驳。

顾池却用脚尖轻轻踢了下病床，笑着盖过了纪清和的声音：“好的老师，我会照顾好他的。”

他猜身后的纪清和表情一定很“好看”。

老马说的“补偿”，他好像知道该怎么办了。

纪清和晃悠悠回了寝室。虽然打了葡萄糖，但太久没吃东西，他腹内泛起一阵阵空乏的恶心感，头还有点眩晕。打开寝室的门，就看见舍友聚精会神地盯着电视投屏。

见他回来，室友百忙之中抬起眼来："哟。怎么才回来？"

"去了趟校医院。"纪清和边说边把包挂在房门口，就要去睡觉，却被室友喊住。

"欸，又是低血糖吧？跟你说了多少次，记得吃早饭。别睡了，来醒醒神，规律作息。"室友起身，给他倒了杯茶。

茶水入腹，恶心感好了不少。他瞟了眼室友的投屏，问："你看什么呢？"

"游戏，就你最近在打工的那个——《荣耀》。"投影屏幕里，宽阔的体育馆人头攒动，"S市最近搞了个联赛，说是宣扬电竞之都文化，实则是没什么水准的比赛。"

"这种比赛你还看？最近这么闲，代码都敲完了？"

"嗨。别提了。说是请来了0TT，结果第一场都要结束了，连个影儿都没见到呢！"

"0TT？"纪清和咬着杯壁，心想这是个什么破名儿。

"你不懂了吧。0TT是非职业选手里的顶级水平了，号称S市第一刺客，所有刺客角色都玩得巨溜！不过一直都没有哪个战队请他去打职业，不知道这些人在想些啥。"

"没准儿是个混子呢，真打职业就露馅了。"纪清和故意和他抬杠。

谁料室友也不恼，"嘿嘿"一乐，似乎突然想到什么一样，不怀好意："这你就不懂了吧？0TT真的和职业选手打过友谊赛，战绩相当可观。来给你看。"

说着，他切掉了那场没什么意思的比赛，调出了0TT之前的比赛视频。

纪清和虽不懂游戏，但能看得出来游戏中间那个角色招式绚烂华丽，身披流动的五彩光影，当真有一些神挡杀神、佛挡杀佛的气势，且操作格外灵活，身形如幽灵鬼魅一般游走着攻击，又如浮萍般缓缓坠地，把程序数据所塑造的死板人物，玩得像活过来一般。纪清和的眼睛几乎跟不上他的走位。

“呀，看得这么认真？我们纪大仙儿不是一直说什么‘游戏不过是程序代码的排列组合’没什么意思吗？”室友在一旁抱着手说。

没等纪清和开口解释，室友便用一种生怕别人不知道他有阴谋的语调，道：“你不知道吧？这位 0TT，说起来还是你的老熟人呢。”

话音刚落，比赛结束，0TT 所在的队伍不出意外地夺下胜利，全场一片沸腾。镜头切到角色之外的操作者身上，他一头浅金色的碎发，双眸熠熠，薄唇紧抿，下颌线清晰。他将耳机取下挂在脖颈上，眼神无意间略过镜头，冷峻的狠意透过屏幕，直达纪清和眼前，让他的心不受控制地颤了一下。

那人是顾池。

电竞场上的顾池和在学校里那个洒脱得有些轻浮的顾池完全不同。眼前的他集万千光环于一身。就在此刻，主播激烈的嘶吼声穿破耳膜：“让我们恭喜 0TT 选手！他斩获本季度又一个冠军，天才！当之无愧的天才刺客！”

原来，这里才是他的战场。

“怎样？熟悉不熟悉？”室友挑眉问。

纪清和压下心里的波澜，还是那一副淡淡的样子，指着投屏里缓缓退场的顾池：“你说他今天没去比赛？”

室友疑惑地点点头。

纪清和：“那我好像知道是为什么了。”

傻子。

顾池坐在 19 号楼公寓下的花坛上，手边提着几个塑料袋，里面是花花绿绿的保温盒。刺目的阳光晒得他头晕目眩，只好轻轻眯起眼睛，面前的景象才能变得清晰一些。

这不是他第一次来 19 号楼找纪清和了。当然，也绝不是第一次被拒之门外。简而言之，他习惯了。

自上次发现这位学长连自己的生活作息都保障不了之后，顾池就暗自下定决心，承担起监督他的艰苦重任。

于是，顾池便开始自作主张地给纪清和送饭。而纪清和是何等人物，虽然不知为何身上背着大几万的债，宿舍都快住不起了，但就是不肯吃顾池的嗟来之食。所以顾池常常被拦在门外。

但是顾池自认最大的优点就是不厌其烦。他喜欢不确定的事情，更喜欢在茫茫的不确定中寻求一个确定的结果。他学数学是这样，打游戏是这样，现在对纪清和，还是这样。

“哟，学弟。又来找纪仙儿啊。”

一个声音在耳畔响起，顾池眯起眼才发觉是纪清和的室友，于是笑着点点头：“是啊，学长好。”

“刚才的比赛发挥得不错！那一手绕背走位简直神了！我看了几遍都没看清你到底是怎么过去的！”

顾池乐了：“学长你也看我比赛了？”

“嗯，上午敲代码中途看了你的最后一场。恭喜啊，拿到决赛的入场券了。”

顾池却没有想象中的开心，只是一摊手：“那有什么？还不是拿不到你们寝室的入场券？”

室友也笑了，拍了拍他的肩，示意会为他“美言几句”。

宿舍里，纪清和从梦里挣扎着醒来，大口喘着粗气。

一抬眼便看见舍友正站在自己的床边，一脸欲言又止的神情。

纪清和轻叹口气。他揉揉发涨的太阳穴，接过舍友递过来的水，喝了一口。

“又梦到你家的破事了？”舍友终于开口。

“没关系。”纪清和摇摇头，问，“来干吗？”

F大的研究生公寓是独立卧室，舍友平时并不会进他的屋子。

“大中午的没个动静，来确认你的存活情况。”

纪清和拿起手机一看，12时

40分，自己竟然一觉睡到了午后。

“昨天敲代码敲到了凌晨4点多，一时没缓过来。”

舍友点点头，却没走。

“怎么？”纪清和抬起头。

舍友看着他的眼神有些奇怪，似笑非笑，带着调侃：“你猜怎么？你家小学弟来了。”

“什么我家……顾池？”纪清和震惊地抬眸，“我不是叫他别来烦我了吗。”

“啧啧。人家多大的腕儿，来给你当人形饭票，甩也甩不掉。多少小女生羡慕，我怎么就求不来这个待遇？”舍友笑着指指窗外。

纪清和起身走到窗边，顺着他手指的方向看去，一个少年正坐在他们楼前的花坛上，一下一下晃动着双腿。从这个角度，看不清表情，只能看到一个圆润的后脑勺和少年直挺的背部线条，他身后有一簇簇竭力盛放、迎接暖阳的花。

“什么时候来的？”

“11点吧。我回来就看到他了，一直坐那儿。”

纪清和抿唇。华东的初夏，太阳也很足，阳光热辣辣地晒下来。顾池竭力地往后靠，想要躲进树荫与楼影的清凉里。纪清和却还是能感觉到他满面的阳光。

好晒。

“他怎么不到楼里躲躲？”

舍友笑了：“上次你们打的那一架，让宿管彻底记住他了，哪敢放他进来。”

纪清和没话讲了，依旧盯着顾池阳光里的背影沉默。

“他为什么突然黏上你了？你想过没？”舍友开口，打破了沉默。

“谁知道呢……”纪清和被阳光晃得眼神不能聚焦，声音也有点漫不经心。

“少装傻，你心里明镜儿的吧。到底怎么回事？”

纪清和揉揉眉心，不愿多谈，只是含糊道：“我欠的助学贷款，这件事可能让他听了个七七八八吧。他大概觉得跟自己脱不了干系，愧疚吧。”

“啧。”室友咂了咂嘴，一边

骂，“不是我说，你爹妈真不是东西……”

纪清和打断道：“行了，不提了。等我把钱还上，就算一刀两断了。”

舍友沉吟半晌，意有所指：“清和……你身边，是不是也该多个朋友了？”

没等纪清和开口反驳，舍友便急吼吼地嚷了句“出门看书”，溜之大吉。

房间再次归于静默。

纪清和回头，正好看见楼下的顾池逆向生长的发旋。眼前仿佛又回到体育场馆里，空气里弥漫着焦灼的味道，观众们尽情地嘶吼呐喊，而舞台中央的那个人，万众瞩目下一脸的冷漠淡然。

他叹了口气，拿起手机打字。

“上来。我给你开门。”

05

天气转凉，纪清和对顾池也渐渐不再是一脸冷硬的拒绝了。只是带着那么一点嫌弃地、纡尊降贵地道一句：“你来了。”

日子就这么一天天过去了，他们俩的关系也逐渐缓和。

这天，顾池从比赛场馆晃回寝室，一开门迎来的便是老马的一顿疾风骤雨。

“顾池，你刚才的比赛怎么回事？最后一局你对面的那个法师，身上半点增益都没有，脆得要死。你趁他被控，绕背开大就能秒他啊，这局就拿下了！你干吗非要往前冲一个身位呢？”

顾池皱着眉，没回他，就往床上躺。

老马却还不过瘾：“喂！别睡了，10 点多睡觉你是猪吗？大哥，这可是积分赛，你输掉的这个分差两轮三轮你都未必追得回来！”

顾池用被子蒙着头：“行了，我听得够多了！让我睡会儿，我好去给纪学长送饭。昨天和队友通宵想战术，就睡了 4 个小时。”

老马看不过去，骂骂咧咧：“送饭送饭，又是送饭。我看你是疯了，你不给他送饭他能饿死自己？”

顾池蒙着被子痴痴地笑，闷声闷气回一句："还真能。"

"啧。"老马翻了个白眼，也懒得管他了，专心致志刷朋友圈，突然爆发出一声惊叹。

"怎么了？大惊小怪的。"吵得顾池从床上爬起来。

"青禾门口的队，排了两三圈，这阵势都赶上迪士尼了。"

"什么青禾？"顾池问。

马哥又惊呼："你不是吧？青禾在学校旁边开两周了，天天人挨着人你不知道？哥们儿，你现在除了打比赛和给纪仙儿送饭，心里还有别的吗？"

顾池皱皱眉："别扯没用的。你说的那个'青禾'，是什么？"

马哥翻个白眼："餐厅。网红餐厅懂不懂？反正咱是没去吃过。张薇薇上次约你去吃，你不在。她说那家店口味清淡，菜品又好看，反正夸上天了。"

"口味清淡……"顾池突然想到，纪清和想必会爱吃吧？那人虽然日子过得不怎么样，口味却挑剔得很，佐料重一点都咽不下去。

不对，他从恍惚里回过神来："张薇薇是谁啊？"

马哥大惊："张薇薇，你不记得？那个挺漂亮的小姑娘，天天到处打听你在哪儿？自封是你的后援会会长来着。"

"哦。"顾池恍然大悟，"想起来了，不过我还以为她姓刘，记错了。"

马哥一时间不知道从哪里吐槽，就听到顾池在旁边问。

"你刚才说，他们排了多少人？"

室友抱着笔记本电脑一脚踹开了纪清和的房门。暗房里闯进阳光，刺得生活在暗室里的人眼睛生疼。

纪清和不满："干吗？你疯了？"

室友把笔记本往他桌子上一摔："我疯了？我看是OTT疯了！"

"哦，顾池啊。他怎么了。"纪清和虽然一副"我不关心""我不在意"的语调，却还是关上了电脑，看向生气的舍友。

“今天那场比赛，输得太憋屈了！眼看着都要赢了，结果他突然来了一个失误走位，比分直接逆转。气死了，你知道解说怎么形容吗？说这是‘不可能发生的失误’！”

纪清和淡淡道：“谁都会失误的。你们是不是对他太严格了？”

“才不是，你是不知道那个失误有多弱智。‘我上我也行’的词条马上就要冲上热搜了！他不会是只记得给你送饭，把脑子送傻了吧？那你就是 0TT 全体粉丝的罪人！”

说着，他调出那一幕的视频，放给纪清和看。

视频里的 0TT，操纵着忍者装束的刺客，直面一名只剩一丝血的法师。谁料他突然前冲一个身位格，解除了法师控制，结果法师反手就是几个大招，反而送走了顾池。

纪清和只看了一遍，便道：“他是故意的。”

“他当然……你什么意思？”

“你不是看了很多他的比赛？你难道没发现他走位的一个特点吗？”纪清和慢条斯理道。

室友将信将疑：“什么特点？”

“数理逻辑异常清晰。无论什么场面，他都能以最快的速度计算出最优路径，以最简单的排列组合获取最大的利益。这不是直觉，这就是强大的数学能力。这也就是他为什么被你们称作‘天才’。”

“真的吗？我看了那么多场比赛都没有发现，你看了几场就知道了？”

纪清和却颇为肯定地点点头：“我说过，游戏在我看来只是程序的摞砌堆叠，《荣耀》也并没有什么不同。现在看来，顾池可能也是这么想的，他只是在灵活运用自己的数学天赋罢了。所以说，他不是判断失误，而是刻意为之。”

“你这么确定？万一只是他手滑了呢？”

纪清和轻笑：“倒不如想一

想，你们的《荣耀》游戏里，有没有什么小概率事件？比如说，在这种情况下如果前进一个身位格，就会获得一个什么样的奖励？"

室友也是工科生，立刻就领会了他的意图。思忖片刻，才道："这倒没有。只是《荣耀》里有一个传说：刺客角色如果是该场比赛的MVP，那么就有万分之一的可能，获得专属于刺客的荣耀之剑。不过只是传说罢了，网上流传着不少视频，真真假假说不清的。"

纪清和点点头："恐怕就是这个了。"

太像顾池会做出的事了。万分之一，OTT。

室友立刻找出了几个广为流传的"荣耀之剑"视频，发现果不其然，视频里的每一个角色在完成最后一个击杀前，都有前进一个身位格的动作！

"清和！有道理啊！你说他真的是想获得传说中的那把荣耀之剑？！"

"如果你想要一个准确的答案，倒不如问他本人。好了我要干活了，你出去吧。"纪清和又恢复了那副半死不活的样子。

室友走后，他拿出手机，犹豫了良久，终于点开了通信录里的一个联系人，拨了过去。

"喂，老板。"电话很快接通。

"小纪啊，怎么想起给我打电话？怎么，终于想通毕业以后来我们公司了？"

纪清和笑了笑："我会好好考虑的。只是有个事，想问问您。"

那个联系人备注发着幽微的蓝光，"荣耀技术科总监"。

06

两个小时之后，顾池又拎着一堆饭盒，站在了纪清和的门口。

说来奇怪，顾池越来越期待着每天给纪清和送饭的时刻了。

看着他冷淡的神情，或是偶尔的笑，抑或是在电脑前聚精会神地敲代码，而纪清和对他的态度永远都不会变，无论比赛是输是赢，无论他是顶尖名校里一个在挂科边缘挣扎的差生，还是电竞场上被誉为天才的选手。

顾池越来越分不清，到底是他要照顾纪清和，还是自己在期待着这份一日两次的平静。

纪清和穿着睡衣，倚在墙边瞟了眼越来越轻车熟路的顾池，没给什么好脸色，只是点了个头，淡淡地道："洗手去。"

顾池也不恼，他习惯了纪清和待人的态度，偶尔还能从他语调的细微波动中觉察出他心情的好坏。比如今天，纪清和的心情似乎还不错。顾池的心情也跟着松快了起来，仿佛能忘却输了的那场比赛和满场的嘘声。

他自顾自在凳子上坐下，在餐桌上拆开保温袋，一个个五颜六色的塑料小盒子整整齐齐码在里头，装的是各种清炒时蔬和老火靓汤，色泽搭配得异常好看。

"我听人说这家店不错，所以去排了下试试看，没想到真让我买到了。学长，你来试试看？"

纪清和一愣："你排了多久？"

"不到两个小时吧。"顾池大剌剌地说，一边拆了双一次性筷子递了过去。

纪清和看着眼前的顾池，长了一张讨人喜欢的脸，做事却总是随心所欲让人猜不透。明明刚输了一场比赛，可是顾池却没心没肺得好像无事发生。他说不出话，只好也装作不知情，接过筷子捣了两下米饭，才轻声说："下次别排了，蠢不蠢。"

顾池眼睛一亮，笑嘻嘻道："那你尝尝再说呗。"

说完他便起身准备离开，却被纪清和一把扯住了手腕。

"你呢？吃饭了吗？"纪清和抬眼看他。

顾池没想到他会问，有些愣住了，支吾了好半天才回过神来，有点尴尬地摸了摸脸："没呢。"

纪清和攥着他手腕的手指没放松，有丝丝凉意传递过来："一起吃吧。"

顾池依言坐下，他看着纪清和递来的筷子，莫名想到小时候自己家楼下的野猫。他忍不住得寸进尺："学长，一起吃饭可就代表我们是朋友了哦！”

“胡言乱语。”纪清和自然领会不到他这么跳脱的思路。

“那就当你同意啦！”顾池飞快地拆开筷子，大快朵颐。他从来没觉得，清粥小菜能做得这般可口。

纪清和还是一副懒得和他讲话的样子，看着他吃了一会儿，似乎笑了一下：“我听说，你是玩刺客的？”

“咳咳咳！”顾池没反应过来，被他突然一问惊得呛到了，一边咳一边拼命点头，“是！怎么，咳……怎么这么问？”

纪清和让他给逗笑了，倒了杯水，一边慢悠悠地问：“就是听说你游戏打得不错，为什么不去打职业啊，职业赛场不才应该是属于你的舞台吗？”

顾池喝了口水，顺过气来，就开始笑：“学长，这可不是你的台词。你想说什么就说吧！毕竟我们是朋友嘛。”说着，冲着纪清和眨了下眼。

纪清和耸耸肩：“我舍友教我的，看来这个台词真的不适合我。好吧，我其实是想说，你是不是觉得，用自己的数学天赋来打游戏，不是真的电竞啊？能回答吗，作为朋友？”

这次轮到顾池愣住了。他沉默半晌，有些尴尬地摸了摸脸，问：“怎么？这也能看出来？纪仙儿名不虚传，可以算卦去了。”

“那你喜欢打游戏吗？”纪清和舀了勺百合莲子粥。

顾池又沉默了。

喜欢打游戏吗？当然！不然他也不会耗费这么多的时间。在他看来，游戏就是在茫茫千万种不可能当中，选取的那唯一一个“确定”。就和数学一样，每一份确定的背后，都是无穷的不确定；但每一份不确定前，都必然有一个确定。

游戏里的一招一式，都是万中取一。

但是，那个“一”，是真实的吗？

被裹挟在一场场的胜与负、欢呼与咒骂之中的他，是真的喜欢游戏吗？

利用着自己的小聪明，算出最优解的他，真的在享受游戏吗？

一万次试验，真的会取得一个“一”吗？

“是真的。”纪清和突然打破沉默。

“什么？”顾池几乎跟不上他的思路。

纪清和却笑了：“我听说过一个小故事，关于刺客的，你听说过吗？勇敢的刺客，在生命的最后关头孤注一掷，将全部的身家压在了自己的剑上，笔直地向前走，以身为刃，永不回头。成功了的刺客，会获得独属于刺客的荣耀。你们叫它什么来着，‘荣耀之剑’？”

“我刚才说的，是真的，勇敢的刺客，真的会获得荣耀。”他的嘴角噙着莫名的笑，有点高深，又有点像哄孩子。

顾池却瞪大了双眼：“真的？”

“真的。”

“真的吗？”

“是真的。烦死了别问了。”

是真的。一万次没有，那么就两万次；两万次没有，就三万次。前方一定会有一个确切的方向。

那晚，纪清和辞去了几个琐碎的兼职，开始着手准备导师发来的新一届全球计算机技术竞赛。

“不是说没时间，不去了吗？”舍友这么问。

他抬头看天，月光如水，于是笑了：“今天给别人灌了鸡汤。想了想，对自己恐怕也适用。不能输啊……”

“那钱怎么办？”

“竞赛的奖金，只要名次足够高，也能还上。”

“哈哈，欢迎回来。加油啊！”

“嗯。加油。”

07

数月匆匆过去。

手机传来消息提醒音，银行卡有钱到账。这是今年的最后一笔收入，也是抹平纪清和学业贷款的最后一笔费用。

自此之后，对16岁开始就伴随他人生的那些名词：贷款、离婚、抚养人……终于可以说一句告别。

手机震动了几下，纪清和打开手机，发现是备忘录提醒：**今日总决赛，勿忘！！！**

一口气打了三个感叹号，是顾池的手笔。当时，他笑着抢过纪清和的手机，在里面输了这一行字，定了闹钟，一边说："学长，你一定要来看哦！我能不能进职业圈，可就看这一轮的表现了！"

几个月过去了，两人竟然没联系上几次。纪清和在赶一个接一个的竞赛与 DDL，顾池也在紧张地准备总决赛，除了偶尔在微信上提醒他吃饭，都没怎么说上话。

好久不见了啊。

纪清和在心里想，一边拨通了顾池的电话。

出乎意料的是，顾池很快就接了。纪清和听到那边很吵，索性不开口，就听到嘈杂的声音中顾池依稀说了句："失陪，我得去接个电话。"

人声渐渐消退，最终安静下来。纪清和把手机贴到耳旁，未语先笑。

"喂，学长。"顾池的声音传来，隔着电波，有些平日里没有的沙哑，"你是不是笑了？"

纪清和没回答，声音里却还带着笑意："今天比赛？"

"是啊！这就上场了。"顾池的语气里竟然还有些委屈，"你怎么都不来看？我还以为你忘了！"

"你定的闹钟时间太晚了。怎么，都要开始了？"

"嘿嘿。"顾池乐了，有些狡黠，"我故意的，想到你在看我打，我会紧张，这样你现在赶过来，刚好能看到我夺冠的盛况！"

"这么自信？想要什么奖励？"

顾池精得很，听出纪清和的语调里有一种难得的轻松，便知道恐怕那些事已经处理完了。于是笑道："买杯抹茶冰沙来吧。希望等我打完下来，冰沙还没化。古有温酒斩华雄，今有我冰沙打荣耀！"

纪清和穿上衣服出门，却发现在F大读了将近6年书，却连哪儿有奶茶店都不知道。

过的都是什么糊涂日子，他自嘲。

无奈之下，他只好找舍友求助。

舍友回得很快：“北街那家，好喝得很。”

纪清和按掉屏幕准备出发，却在收起手机之前，看到舍友又发来的消息：“你那小学弟和他的小女朋友怎么回事啊？轰轰烈烈的，我都听说了。”

莫名其妙。

纪清和抱着一杯抹茶冰沙坐上出租车。师傅回头问：“小伙子，去哪儿？”

他忙打开手机看顾池发给他的地名，一划开手机，室友发来那一行“小女朋友”就跳进眼里。

告诉了师傅地址，车缓缓出发。街上的景物向后流动，像离他而去的一场盛大筵席。他只好又打开手机，不情不愿地一个字一个字打着：“什么小女朋友？”

室友像是在等他的消息，几乎秒回：“咱们学校的一个姑娘，长得挺好看，叫张薇薇？据说还给你家小学弟建了个后援会什么的。她昨天说，如果顾池决赛赢了，就当众跟他表白。”

紧接着又发来一条：“怎么？你的小学弟没和你说？”

“没有。”纪清和“啪”的一声按灭了手机屏，决心不再想这事。

到了比赛场地，隔着老远便能听到振聋发聩的呐喊声。

检票员没想到比赛的最后关头还会有人入场，一边不耐烦地放纪清和进去，一边还不忘盯着场上的战况。

“不好意思，能帮我把这个送到顾池……嗯，OTT选手的战队吗？”

检票员很不情愿，但看见纪清和长得不错，也没说什么，示意他快走。

场内的观众比之前室友说的“不专业的比赛”不知道多了多少倍，每个人眼里都闪烁着光。顾池的战队这边，女孩似乎格外的多。纪清和后知后觉地意识到，顾池这种长得好看，又聪明，还会说话的男孩，是很受人欢迎的。

“那他是不是，其实也不缺我这么一个朋友呢？”一个想法鬼使神差地冒出了头，还没等纪清和仔细琢磨，周围便爆发出热烈的呐喊与欢呼。

纪清和抬头看去，场馆中央的球状大屏上写了三个金色的字母：“WIN”！

人群沸腾了，导播把镜头切向顾池所在的战队，每个人脸上都是抑制不住的兴奋。只有顾池，四下张望着，似乎在寻找什么人。

接下来，随着激烈的鼓点，屏幕上的字开始转换——“MVP”。下一秒，“OTT”三个字母出现在所有人的视线之中。

场馆里当即爆发出更加热烈的呐喊，甚至有女孩啜泣的声音，呐喊过后，人们便开始高声欢呼“OTT”，接连不断。

就在此时，屏幕中的画面陡然一黑。人群有一瞬的静默，谁也不知道发生了什么，没过几秒，屏幕中有金色的光开始散开，OTT的身影出现在正中，他手中的剑一点点染上金色，变得璀璨无比。流动的金色光缎萦绕在角色周围，披风无风而自动，宛若一场无声的加冕。

荣耀之剑。

万里挑一。

纪清和穿过人海看见操作台后的顾池，看见他眼中映照出屏幕的金色光芒——是荣耀的剑光。

顾池恰好在此刻转头，二人目光交汇。

顾池张张嘴，似乎想说些什么。

突然，一个女孩冲上舞台，紧紧抱住顾池的脖子。是张薇薇，她的手里还拎着那杯自己排队买来的抹茶冰沙。

快要化了吧。

顾池匆忙推开女孩的手臂，扭头再看向那个方向，已然没有人了。

只有冰沙杯的水滴，落在干净如镜面的地板上。

纪清和没回寝室，在校园里四处闲逛，直逛到月上柳梢头，教学楼里亮起盏盏灯火。

他其实心情很平静，只是想散散步，走累了就找个地方坐下歇歇脚，一抬头，却发现是顾池的寝室楼下。这地方他统共没来过几次，不知怎么竟走到这里了。

纪清和扪心自问，他不是一个热衷于交际的人。他曾听说，有人背地里传他是什么高冷男神，他都只是自嘲地笑笑，自己不过是不擅长和人产生联系罢了。

他的父母曾经伉俪情深，自由恋爱修得正果，感情故事一度被传为佳话。可后来呢？两人分崩离析，终于一句话都不愿跟对方多说。他的父母也都说爱他，可是离婚时，父亲主动放弃了他的抚养权，再后来，母亲再婚了，不愿为他出一分钱的抚养费。

人世间所有亲密而深刻的联系，是不是终将变成利刃，刺进彼此的心房？

那顾池呢？他第一个想要与之分享喜悦的人，也是唯一一个敢分享喜悦的人。

可自己又是他的什么呢？他是闪耀舞台上万千少年少女心中的梦想，自己只是一个在暗房里敲着代码的可怜虫。

他拿出手机，看见几十条未读消息和十几通未接来电，两通来自舍友，剩下的都来自顾池。

他忖度半晌，还是拨通了舍友的电话。

舍友还是那大剌剌的腔调：“上哪儿去了，还没回来。”

“逛逛。有事？”

“哦，我没事啊。是你那小学弟，找你找疯了。一直在寝室楼底下转，还来问我。你们出什么事了？”

纪清和沉默了一会儿，方道：“嗯。知道了。”

舍友也没多问，问了句要不要留门，就挂断了电话。

纪清和盯着手机屏幕，看着它一点点变暗，就再按亮，反复几次，才打开与顾池的聊天记录，一排消息全是问他在哪里。

往上，是跟他道歉。

再往上，解释说没有瞒他什么，也已经拒绝过张薇薇了。

最顶端一条，是一张照片。

顾池的手握着抹茶冰沙的杯子，手指骨节分明，干净白皙。

配字是："你赚钱买的第一杯饮料，我会好好保存的。"

月朗星稀，晚风清凉。纪清和舒了口气，抬起头来，发现顾池正站在不远处的灯光下，一下便闯入他眼中。

目光交汇，纪清和无话，顾池却霎时绽开了笑容，坚定而雀跃地，向他一步步走来。

他手里捧着的，正是那杯抹茶冰沙。这是纪清和在兼职与学业间摇摇欲坠地保持平衡，伏在电脑前到凌晨，攒下钱来平清债务后，买的第一件东西。

顾池笑着说："看吧，我说没有给别人吧。"

纪清和心里一瞬间释然了。他突然发觉自己所要的，不过是一句"我很珍视"。

"傻子。都化了，还不喝。"纪清和骂，拍了拍身旁，示意顾池坐下。

奶油味的冰激凌融化进了抹茶里，白色与绿色层层交叠成小小漩涡。顾池抿了一口，眯起眼睛感叹："好甜。"

说完，两个人四目相对，都笑了。

清浅夜色，笑意疏朗。谁也说不清莫名的喜悦从何而来，只是万千星河璀璨，不及此时欢畅。

"你看到了吗?

"光芒万丈、万里挑一的荣耀之剑，实际上也不过是数字的排列与组合。

"但与你的相遇，才是万分之一的幸运，万种不确定里唯一的确定。"

End

XIA QI YU GAO
下期预告
限定好友
系列第三辑
THE ONLY ONE
对家终于翻车了
对家终于翻车了
对家终于翻车了

THE ONLY ONE
对家
终于
翻车了
THE ONLY ONE
明争暗斗
表面关系？
OR
真实对家
惺惺相惜？
那些针锋相对的点滴里，
原来暗藏着不为人知的默契。
THE ONLY ONE
即将上市，
敬请期待！

图书在版编目(CIP)数据

限定好友.2,双向狙击 / 阿耽学长主编.
—武汉:长江出版社,2020.12
ISBN 978-7-5492-7479-6
Ⅰ.①限… Ⅱ.①阿… Ⅲ.①短篇小说-小说集-中国-当代Ⅳ.①I247.7
中国版本图书馆CIP数据核字(2020)第251812号

限定好友2・双向狙击 阿耽学长 主编

出　　版　长江出版社
　　　　　（武汉市解放大道1863号　邮政编码：430010）
选题策划　漫娱　肖安娜　陈斯诺
市场发行　长江出版社发行部
网　　址　http://www.cjpress.com.cn
责任编辑　陈　辉
特约编辑　陈雪琰
产品经理　胡丽云
总 编 辑　熊　嵩
执行总编　罗晓琴
装帧设计　赵一麟　吴　琪
印　　刷　武汉鸿印社科技有限公司
版　　次　2020年12月第1版
印　　次　2024年4月第9次印刷

开　　本　880mm×1230mm 1 / 32
印　　张　7.75
字　　数　220千字
书　　号　ISBN 978-7-5492-7479-6
定　　价　32.00元

电话:027-82926557(总编室)　027-82926806(市场营销部)